小日向でお茶を

中島京子

Kyoko Nakajima

主婦の友社

はじめに

「ゆうゆう」という雑誌で四年間連載したエッセイが本になった。

エッセイじたいは、いまも連載中なのだけれど、一冊にまとまる量に達したということで、なんだか気分的にはめでたい。

タイトルの『小日向《こひなた》でお茶を』について少し。

わたしは東京都杉並区で生まれ、四歳のときに埼玉県和光市（当時はまだ、市ではなく、北足立郡大和町だった）に引っ越し、高校一年生で八王子に転居した。二十三歳で家を出て中野でひとり暮らしを始め、二十九歳のときに文京区小石川に住み始めた。以来、ほぼ三十年間、文京区で暮らした。同じ文京区の、小石川と小日向は、春日通りを挟んで隣同士の地域で、小日向に引っ越したのは二〇一〇年だった。となると、小日向生活は十二年間ということになるだろうか。

この本に収録されているエッセイは、わたしの「小日向時代」のもの、ということになる。二〇一八年十月から二〇二二年九月までのものなので、十二年間のうちのラスト四年間となるのだが、ちょうど、このあとに、わたしはまた自分の生まれた杉並区に転居したので、いまはもう、小日向の住民ではなくなってしまった。

だから、小日向をタイトルに入れることで、愛着のあった文京区、そのうちの十年以上を過ごした町への思いを、なにか形にしておきたかったという気持ちがある。

小日向というのは、古くからある地名で、わたしが暮らしていたのは「小日向台町」と言われることもある、高台だった。東京には坂が多いけれど、文京区はまた、ほんとに坂の多いところで、上がったり下がったりして、でも最終的には坂を上り切ったあたりの「台町」。コヒナタ、というのが正式名称らしいが、古い文献を読むと「コビナタ」と書いてあることも多い。

高台で日当たりがいいから、そういう名前がついたんだろう。

住んでいたのは低層マンションの二階だったが、リビングが南を向いていて、冬でも晴れた日の昼間は暖房がいらないくらい暖かかった。

この南向きリビングは、連れ合いと同居を始めたあたりから、完全に「図書室」と化してしまったので、いちおう、小さなテーブルとソファは置いていたけれども、誰かをお招きして「お茶を」楽しむというようなスペースではなくなってしまった。

それでも、「小日向」という暖かそうな地名と「お茶」の組み合わせは、なんとなく縁側で日向ぼっこでもしているような楽しさがあるからと、エッセイ集のタイトルに採用された次第。

そのわりに、エッセイの中身は小日向に言及していないと、読み直して気づいたので、せっかくだからここで、小日向自慢をしておきたい。

丸ノ内線「茗荷谷」がいちばん近い駅である小日向は、閑静な住宅街だ。

文人墨客も多く住んだことがある。ちょっと前に五千円札になっていた、『武士道』を書いた新渡戸稲造とか、日本の美術を世界に紹介したフェノロサとか、詩人の堀口大學とか、石川啄木なんかも住んでいた。永井荷風が生まれたのは、小日向から坂を下りてすぐのあたりだし、文学史上有名なのは、夏目漱石の書いた『坊っちゃん』のラスト、「だから、清の墓は小日向の養源寺にある」じゃないかと思う。養源寺というお寺は小日向にはなく、同じ文京区の本駒込にはあるそうだが、小説の寺のモデルは、夏目家の菩提寺「本法寺」だと言われていて、こちらは小日向一丁目にある。漱石自身のお墓は雑司ヶ谷霊園にあるが、本法寺には漱石の実父母や兄弟が眠るという。漱石にとって小日向は通い慣れた場所らしく、清の墓以外にも作品に登場する。

なんてことを書いていれば、いくらでも書くことはあるのだけれど。

とにかく、小日向は住むにはいいところで、銀座も池袋も近いのにものすごく静かで安全な街だ。だから、ひとつ、小日向に遊びに来たような気持ちで、よもやま話につきあっていただければ幸いです。

小日向でお茶を　目次

第2章

人は老い、地球は温暖化する

第3章　奈良公園の鹿、タイのジュゴン

第4章

孫娘、ばーさんから「刑務所脱出カード」を買う

第5章　ごはんさえあれば、人生は最高！

2018.10 ~ 2019.5

第１章

世界中、どこへ行っても
おなかはすくのだ

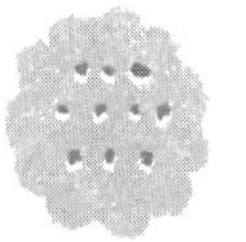

バルセロナで第二の人生を？

忘れる。

年を追って、物忘れは激しくなる。

ものの本によると、脳の老化は四十代くらいから始まるそうだ。脳だって、限られた器だから、何もかも覚えているわけにはいかない。忘れるのは当たり前。老化のなにが悪い。とはいうものの、われわれの寿命は、延びる一方だ。一九六〇年に70・19歳だった日本女性の平均寿命は、二〇一七年に87・26歳になった。十七歳延びるって、すごくないですか！　仕事の関係でお世話になっているある自治体の市長さんに聞いた話だが、市では毎年八十八歳の誕生日を迎えた方にプレゼントを贈っていたのだが、ある日突然、八十八歳が「汲《く》めども尽きぬ」（市長談）ほどいることに気づき、いろいろ考えた末に、何年か前からプレゼントの対象を九十九歳に引き上げたそうだ。

長い。わたしたちの人生は、長い。五十、六十など、ひよっこ。という世界が現実になろうとしているのだ。これから三十年、四十年を、どうやって過ごしましょう。人が生まれて成人して就職して結婚して得た子どもが育つほどの、長い時間を。

二年前に連れ合いとバルセロナに旅行した。そこには連れ合いの友人というか大先輩で、定年退職後に移住した方がご夫婦で暮らしているのだ。

お名前は清水建宇さんといって、かつては朝日新聞社にお勤めのジャーナリストだった。昔、久米宏さんがキャスターを務める『ニュースステーション』という番組があって、清水さんはコメンテーターとして、よくその番組に出ていたので、ご存じの方も多いはず。

清水さんは、現役記者時代に世界各国を訪ねた中で、スペインのバルセロナにすっかり魅了され、退職したら移住しようと心に決めていたのだという。それは家族にも同僚にも公言していたのだそうで、偉いのは、定年退職を目前にして、スペイン語を習い始めるところだ。六十歳の手習い。

しかし、もっともっとすごいのは、この一年後に清水さんが、地元の手作り豆腐店で修業を始めたことである！　なんと彼は、憧れの地バルセロナに、豆腐店をオープンするという夢に向かって邁進し始めたのであった。

清水さんは、お豆腐が大好きなのだ。

しかし、バルセロナには豆腐店がない。

定年後に移住したい気持ちは募るが、大好きな豆腐のない土地で生きていくことはできないと思った。

清水さんが見つけた解決策は、「バルセロナで豆腐屋になる」だった。

周り中が、「そんなことはやめろ」と言ったそうだが、修業を終えた清水さんはバルセロナに行き、物件を決め、退職金をつぎ込んでお豆腐製造の機械を購入し、大金を投じてその大きな機械をコンテナに積んで情熱の地スペインに運んだ。

定年退職の三年後、清水さんはバルセロナの目抜き通りに「Tofu Catalán 東風」というお店をオープンするのである。

わたしが訪ねたのは、開店から六年経《た》った二〇一六年だった。にがりを使った本物のお豆腐を売る店には、ヨーロッパ中からお客さんがやってくる。もちろん、地元のスペイン人たちも、やわらかくてスペシャルなトーフを目当てに訪れる。店の商品ケースには、フランス産丸大豆を原料とした、絹ごし、木綿ごしのお豆腐、厚揚げ、油揚げ、がんもどき、納豆までが並ぶ。

そのほかに、味噌や醤油などの日本食材や近郊の農家で若い日本人が作っているという京野菜などもある。そして、お店の自慢はお弁当だ。巻きずしや、魚、お肉も使ったお惣菜入りの和風弁当は、テイクアウトランチとして人気なのである。

朝から仕込みに余念のない清水さんのかわりに、お店に立つのはお連れ合いの美知子さん。夫の夢につきあうのはたいへん、帰りたいと思ったこともあるけれど、いまではスペイン語も夫より上手になってしまい、楽しいのでまだこちらにいるつもり、と笑った。

気候が温暖で、カラッとしていて、街全体が明るくて活気のあるバルセロナ。街のあちこちにオレンジジュースのスタンドがあって、まん丸のオレンジをそのまま機械に抛《ほう》りこんでぎゅっと搾ってくれる。ガウディの建築が街の風景に違和感なく収まるおしゃれな都市の、カタルーニャ料理やワインもおいしい。清水さんご夫妻は、スペイン国内やポルトガル、フランス南部など近場への旅も、しょっちゅう楽しんでいるらしい。

人生が長いと、いいこともある。「第二の人生」という使い古された言葉も、こんなに具体的に生き生きした例を見せられると、何かやれるような気がしてくるではないですか。

「アリスのおいしい革命」を堪能してきました

夏休みをとるのは二年ぶりだった。

しかも、二年前の夏休みは、秋だった。

自由業をしていると、いつでも休めるようにみえて、なんのかんのうっかりして休みをとり忘れたりする。いま、この原稿を書いているのも日曜日の夜で、休日と平日の区別がなくなっているのは、どんなもんかと思わなくもない。

ともあれ、今年の夏は、八月に休みをとってカリフォルニアに行ってきた。モントレー、カーメル、ヨセミテ、サンフランシスコという旅の予定だったのだが、なんとヨセミテ国立公園は、山火事のために閉鎖されていて入れず。

カリフォルニアの山火事はもはや年中行事のようになってきているけれど、五カ所ある入り口のうち、西側四つが無期限閉鎖というのは、初めてのことらしい。世界的に、異常気象が恒常的になってきているのかなと、不安に駆られるが、仕方がないので諦《あきら》めた。ヨセミテ以外は行ったことのある場所だったのだけれども。

それはさておき、極暑の日本を離れて比較的涼しいカリフォルニアで過ごせたのだから、ラッキーだと言えるかもしれない。

サンフランシスコ界隈は何度も行っているお気に入りの場所なのだが、今回、ヨセミテ以外で旅のハイライトといえば、バークレーの『シェ・パニース』だろうか。

バークレーといえば、カリフォルニア大学バークレー校のある大学街だが、スローフードの、あるいはオーガニックの「母」とも呼ばれるアリス・ウォーターズが、この地にレストラン『シェ・パニース』を開いたのは一九七一年。世界で初めて、抗生物質やホルモン剤無添加の肉や魚、有機農法の野菜や果物だけを使って、「その日に調達した素材を生かして、その日のメニューを決める」というポリシーを貫く店となった。しかも、そのために地元の生産者とつながって、そのローカルなコミュニティを持続させるようなビジネスモデルを提唱したことも、画期的だった。だから、アリス・ウォーターズのやったことは「おいしい革命」と呼ばれたりする。お料理好きの方なら、彼女のレシピ本を持っていたり、テレビ番組を見たりしたことも、あるのではないだろうか。

世界一予約の取りにくい店、と言われることもあるのだけれど、事前に準備すればそこまでのことはないかも。

ただし、何度もカリフォルニアに行ったことのあるわたしが、今回「初めて」その店に行ったのは、つまり以前には予約が取れなくて行かれなかったことを意味するわけだ。

行き当たりばったりに訪ねようとして失敗した経験を経て、今度は三週間ほど前に日本でネット予約を完了。店にはディナーのみのレストランと、ランチもやっているカフェがあり、ややカジュアルなランチのほうだと、予約も少し取りやすくなる。

行ったのは平日のランチで、もちろん店は満席だった。街中にある大通り沿いのレストランなのだけれど、入り口には木があってちょっと森の中に入っていくような感じ。アーツ&クラフツスタイルのウッディな建物の二階のカフェに通された。

サラダ、メイン、デザートがついたランチの、この日のメニューはきのこのパスタで、グリーンサラダとベリー系のシャーベットがつくらしい。二人で行ったので、そのランチを一名分と、その日のおすすめ、サーモンのグリルを頼んだ。なにやらテーブル担当の女性が「おいしい」と勧める別のサラダと、チョコレートムースも注文してシェアすることにした。

お勧めのサラダは、まるでお皿にドット模様を描いたように、まあるい人参とビーツが載っていて、さらにグリーンを添えたもの。人参とビーツは柔らかく煮てある甘いもので、一瞬、グラッセかと思ったほどだったけれど、煮ただけであの甘さだったに違いない。甘さを引き立てたのは、少し酸味の強いドレッシングだ。

パスタはオイルベースで、刻んだイタリアンパセリが色みを添えるほかは、きのこと筒状の太っちょパスタとチーズしか入っていない。きのこの名前はわからないけれど、それのみであれだけのうまみを出すのかと思うほど、シンプルなのに絶妙。チーズは、新鮮なパルミジャーノ。たっぷりかかっていて、これも美味。

そして、きれいな濃いピンク色をした獲《と》れたてのサーモンは脂が乗っていて、グリルしてもしっとりと潤っていた。フレッシュなチェリートマトとバジルのソースがかかり、つけ合わせには素揚げした小さめのジャガイモと、茹でてバターでソテーした、薄い黄色と緑の二色のモロッコいんげん。すべての色が鮮やかで、見た目にも美しい。そして何より感動的だったのは、ぽってりと添えられていたマヨネーズだった。もちろん、その日獲れた卵を使って、新鮮なオイルとかけ合わせて作ったに違いない。とろとろの出来たてマヨネーズを、ピンクのサーモンにちょっとずつつけて食べる、その至福。

ベリーのシャーベットも、クリームの載ったチョコレートムースも、おいしかった。舌で味わったあとに、身体《からだ》全体が豊かな「おいしさ」に包まれる感じ。新鮮で、安全で、ていねいに作られたものが、こんなにも、そうでないものと違う味であることに、正直、びっくりした。

三十代で初めて渡米して、一年半ほど暮らして以来、アメリカにうまいものなしと信じてきたのだが（とはいうものの、アメリカ全土を食べ歩いたわけではなし、完全に偏見ではあったのだけれど）、すっかり認識を改めました。おいしゅうございました。

そして、四十七年前に大学街でオープンした革命的なレストランが世界に広めたポリシーは、二一世紀のこんにち、ますます重要になっているよなあと、あらためて考えたのだった。

シリア料理レストランの向こうに見えたもの

先日、外苑前の期間限定シリア料理レストランというのに行ってきた。

シリア料理。なにか思い浮かびますか？

じつは、その店はシリア難民を支援するプロジェクトとして立ち上がったもので、クラウドファンディング（インターネットなどで出資者を募り、お金を集めて事業をする、最近、よく見るアレだ）で「シリア難民シェフに厨房を！」と呼びかけていたのを見つけて、応募したのだ。なにしろ、出資（たしか三千円から）すると、レストランがオープンしたときに、一回分のランチが無料になる。

「難民」を支援しようというより、「ランチ無料」の誘惑に惹かれての出資であるところが、なにか立派さに欠けますが、「シリア料理」という文字を見ただけで眉毛がとろんと下がってきて、「食べたい！」と思ったとたん、パソコン画面の「出資します」という文字をクリックしていたのだった。

なぜなら、シリアル料理は、おいしいのである。

といっても、シリアに行ったことはなくて、わたしがそれを食べたのは、一度はバルセロナ、二度目はパリだった。バルセロナのシリア料理屋さんには、例のお豆腐屋さんに連れていってもらい、パリのほうは、在仏の姉一家といっしょに行った。バルセロナの店は、内装も調度品もアラブ文化の粋を集めたような洗練されたお店で、パリのはもっと下町ビストロ風の気楽な店だったが、とにかくどちらもほんとにおいしかった。牛肉や羊肉が野菜と煮込んであったり、ひよこ豆のペーストがあったり。ヨーロッパの二つの都市で何を食べたか詳細には憶《おぼ》えていないが、ともかく「シリア料理＝うまい」と、わたしの脳裏に刻まれたのである。

そのクラウドファンディングに惹《ひ》かれた理由はもう一つある。出資者を募るそのページに掲載された「シリア難民シェフ」のナーゼムさんに、見覚えがあったのだ。

たしか今年の春ごろに、ＮＨＫで「ラーマのつぶやき」というドキュメンタリーが放送された。日本で初めて「難民認定」を受けたシリア人一家を追う番組で、十六歳のラーマちゃんが主人公だった。一家は四人。サッカー選手を目指すお兄さん、服飾の量販店で働いて生計を立てている働き者のお母さんがいた。そして、一家の主たるお父さんは、言葉の壁のために仕事が見つからず家にいて、生まれ育ったシリアに帰れない日々のつらさを訴えていた。

せっかくそのドキュメンタリーを視聴したのに、お父さんがシリアで何をしていた人だったのかなど、重要なことは忘れてしまっていた。ところが、そのクラウドファンディングの情報によれば、ラーマのお父さんのナーゼムさんが、その「シリア難民シェフ」だというのだ。

一家は、戦乱を逃れて日本にたどり着き、難民申請をして日本で初めての認定を受けるのだけれど、故国シリアでナーゼムさんは、シェラトンやフォーシーズンズなどの高級ホテルでシェフを務め、三十年のキャリアがあるのだという。

腕のいい、プライドもある料理人が、異国で言葉の壁に阻《はば》まれて、まるで仕事ができなかったら、それはつらいことだろう。戦乱の故国から命からがら逃げてくる難民の人たちに、長い、豊かな普通の生活があったことに、あらためて気づかされた。

レストランは外苑前の瀟洒《しょうしゃ》なビルのイベントスペースでオープンされ、プレートを持って並ぶとナーゼムさん自らがサーブしてくれた。そのときのナーゼムさんは、にこにこして、ドキュメンタリーのときの渋面とは大違いだった。

メニューは、サラダ（キュウリ、レタス、トマト、ミント、パセリ、クルトン入り。ニンニクが効いている）、ひよこ豆のペースト（松の実が入っていていい香り）、オクラとひき肉のトマト煮込み、ピラフ（炒めたタマネギ、松の実、干しブドウ入り）、スパイスに漬けて焼いたチキン、ベジタブルスープ、それにお餅のような甘いお菓子がデザートについていた。

もうそれはね、おいしかったです。

スパイスが使ってあるけれど辛くはなくて、やさしい、滋味あふれるお味。野菜がたっぷりなので体にもよさそう。なにより、シェフの笑顔が素敵。

このプロジェクトは、音楽や文化で社会貢献したいと思っている人や、青年海外協力隊でシリアに行った経験からシリア難民支援のＮＰＯを立ち上げた人や、青山でレンタルスペース事業をしている人など、みんな二十代の若い人たちが意気投合して立ち上げたのだという。息子のような年齢の人たちだ！　なんだか、そのことにも感じ入ってしまった。

やっぱり、若い人の行動力はすごいね。

食事をしながら、テーブルの上の小冊子を読んだのだが、シリアは二〇一〇年まで、平和で文化的な国だったそうだ。二〇一一年に内戦が勃発し、国外に五百十万人もの難民が流出した。シリアの都市の現在の写真を見ると、空襲でめちゃくちゃになった一九四五年の東京のようだ。でも、たった八年前には、ビルが立ち並び、シェラトンやフォーシーズンズがラグジュアリーな宿泊や食事を提供する、現在の東京のような街だったのだという。「難民＝かわいそうな人たち」というステレオタイプを変えたい、豊かな文化を持ったシリアの強みを生かした就労支援をしたい、という若い人たちの情熱も、心地よく伝わってきた。

この期間限定のお店をロールモデルにして、将来的には恒常的なレストランのオープンを目指しているということなので、将来、どこかにナーゼムさんに会える店ができるかもしれない。そうした就労支援がもっと進めば、いつか、あなたの街にもシリア料理店が登場するのかもしれません。

ソウルのプゴクスープ、仁川《インチョン》のジャージャー麺

ソウルに行ったのは六年ぶり、三回目。彼の地で日中韓の作家や詩人、評論家が交流するイベントがあって、四泊五日の旅程で出かけた。

行けば韓国料理三昧《ざんまい》と思いきや、瀟洒《しょうしゃ》なホテルで供されるのは、おしゃれなフレンチや各国料理バイキングで、一度、夜に豚足のおいしいお店に連れていってもらったほかは、とくに韓国らしいものを食べなかった。旅行ではなくて仕事で行って、しかも招待していただいているのだから、文句を言う筋のものではないが。

なにしろフリータイムの少ないスケジュールなので、朝早い時間くらいしか、一人で行動できるときがない。だから、苦手な早起きをして、行ってきました、プゴク専門店に。

プゴクとはなんでしょう?

プゴクとは、干し鱈《だら》（プゴポ）を使ったスープである。

飲み続けるとお肌がぷるぷるに若返る美容スープとして紹介されることも多いので、ご

存じの方、よく作るという方もあるのではないかと思う。わたしがこれを知ったのは、飲んべえの友達が、二日酔いにイチオシのスープだと紹介していたからだ。しかも、その友達が絶賛していたプゴク専門店は、ソウルで泊まったホテルから徒歩10分もかからないところにあった。

光化門広場を左に見ながら大通りを渡り、ローカルなお店がひしめく路地へ。朝七時からオープンしているそのプゴク専門店は、早朝から忙しく働くビジネスマンや、おいしいもの好きの観光客、そしてもちろん、昨夜飲みすぎたお酒好きなどでにぎわっていた。スープがいちばんおいしい昼時には行列ができるという。

観光客にとってありがたいのは、何にも言わなくてもスープとごはん、三種のキムチと水キムチ、刻みネギとアミの塩辛を和えたものが、セットになって登場するところだ。一種類しか、メニューがないのだ。しかし、この豊富な副菜には陶然《とうぜん》とする。キムチは食べ放題。

スープには干し鱈のほかに、豆腐、ネギ、卵などが入っていた。なんとも滋味豊かな味わいで、パーティ疲れの胃にやさしい。刻みネギとアミの塩辛をスープに入れようとした

ら、お店の人が慌てて止めに来て、

「ごはんに載せて食べなさい」

と、きっぱり韓国語でレクチャーしてくれた。

もちろん、わたしに韓国語がわかるはずはないが、ジェスチャーと表情がすべてを語る。

この、日本円にして八百円くらいのスープ定食に、わたしは心を奪われ、干し鱈を買って帰ることを決意した。ネットなどで検索すればいくらでもレシピは見つかるけれど、ここはやはり、せっかくだから、日中韓作家交流の成果として、韓国を代表する女性作家ソ・ハジン先生に教わったレシピを公開したい。

❶細く割いてある干し鱈を、さらに食べやすく一口大にちぎる。
❷大根を短冊切りにする。
❸鍋にごま油を一たらしして、①と②を軽く炒める。
❹油がなじんだら水を入れ、煮えてきたら、スライスしたニンニクを入れる。
❺全体がぽこぽこと、ひと煮立ちしたら、塩のみで味つけする。

以上。味噌汁並みに簡単だ。

わたしは大根といっしょにネギも炒め、仕上げに豆腐と溶き卵を入れている。多くのレシピが顆粒韓国だしの「ダシダ」で煮込むと書いてあるけれど、ソ・ハジン先生に「塩で」と念を押されたので、必ず塩のみで調理している。水のかわりに昆布水を使ったらおいしかった。

感動的なのは、このプゴクスープを飲むと、身体《からだ》がぽかぽか温まってくることだ。お肌が若返るかどうかは知らないけれど、風邪気味や冷えが気になるときは、すごく助かる。使えるレシピが増えると、人はそれだけ幸せになる。

今回、ソウルのほかに仁川というところに行った。大きな国際空港がある場所だけれど、街に出たことがある方は案外少ないのでは。

仁川は、横浜のような港町で、鎖国していた朝鮮王朝が近代化に向けて開いた港の一つなのだそうだ。

チャイナタウンとジャパンタウンが、道一本隔てて左と右にある。その象徴のように建てられたのが、公園（ちょうど「港の見える丘公園」と名づけたいような場所）へ続く階段の左右にある石灯籠で、左側は中国風、右側には日本風の灯籠が並んでいる。丘の上のほうには、アメリカ人やヨーロッパの商人などが住んだ外国租界が広がっているのも、横浜に似ていた。

丘の上の公園の見晴らしのいい場所には、大きなマッカーサーの銅像がある。朝鮮戦争で北がほとんど朝鮮半島を制覇しつつあった情勢を、仁川に上陸したマッカーサー率いるアメリカ軍が38度線の向こうへ押し戻した、「仁川の闘い」というのが、行われた場所でもある。この「マッカーサー英雄説」に関しては、現代の歴史学から見ると、異論もあるようなのだけれど、ともかく、仁川は韓国の近現代史を街ごと体現したような場所であるらしい。

でもって、仁川のチャイナタウンで食べたのが、「ジャージャー麺」。韓国では、仁川がその「発祥の地」ということになっている。日本では「じゃじゃ麺」は盛岡発だ。どちらも起源は中国の炸醤麺《ジャージャンミエン》で、韓国ではその漢字を韓国語読みした「チャジャンミョン」という名前で親しまれている。一八八三年の仁川開港時に渡ってきた華僑によってもたらされたものが、韓国風に進化したのだそうで、仁川には「チャジャンミョン博物館」まである。

のびのいい長い麺に、黒くて甘いタレをかけて食べるチャジャンミョンは、中華風とも盛岡風とも違って、クセになりそうなコクのあるおいしい麺だった。

黒ずくめのアラブ女性たちは犯罪小説に夢中

アラブ首長国連邦というのは、ペルシャ湾に面したアラビア半島にある、七つの「首長国」からなる連邦国家なのだが、そのうちのひとつ、シャールジャ首長国で、大きなブックフェアが開催された。年に一度、もう二十年くらい続いているらしい。毎年、いろいろな国の作家が招待されるのだけれど、二〇一八年は「ジャパン・イヤー」だったので、日本から十人くらいの小説家や詩人、アニメーションの監督などが招かれた。

なんでも、シャールジャの首長（王様のような存在。君主）が、

「今年は、日本でいいんじゃない？」

と、おっしゃったのだそうだ。ありがたや。

シャールジャは、ドバイの隣の首長国である。

ドバイは、アラブ首長国連邦最大の都市（ちなみに「最大の首長国」はアブダビ首長国だ）で、世界一高いビル、ブルジュ・ハリファがあることで有名。そして、お隣のシャー

ルジャは、ドバイから車で二十分ほどの距離にある。しかし、車社会で渋滞がすごくて、この二十分が一時間や一時間半になったりする。

シャールジャは、ドバイに比べるとこぢんまりしていて、滞在したホテルはペルシャ湾に面したリゾートホテルだった。十一月は、中東に短い冬が訪れ、人々は楽しげにビーチに集い、海水浴を楽しむのだった。

ええ、冬に。

だって、夏は日中の気温が五〇度を超えるのだそうだ。それじゃ、海水浴どころか、外を歩くのさえままならない。

過ごしやすい冬のビーチの居心地の良さと、凄《すさ》まじい交通渋滞に恐れをなして、ドバイの未来的な都市風景を眺めに行くのはすっかりあきらめた。でも、そのかわりに楽しんだのは、「デザートサファリ」だ。

なかでも、ジェットコースターに乗っているみたいな感覚を味わう「砂漠ドライブ」は圧巻で、絶叫しながら、砂丘が続く道なき道を行くはめに。三六〇度、見渡す限りの砂漠で、スピードをゆるめるとタイヤが砂にめり込むから危ないのだと説明されたけど、運転手のおっさんは、あきらかに超速運転を楽しんでたと思う。

車の天井には、ガムテープを巻きつけたパイプが張り巡らされていて、しがみつけるようになっているのだが、笑ったのは、お隣に座っていたイギリス人翻訳家がつかまろうとしたアシストグリップ（窓の上なんかについている「取っ手」、ありますよね）が、ぽこっと取れてなくなっていたこと。絶叫しながらつかみかかって、抜き取っちゃった人の恐怖を考えると、気の毒だけどおかしすぎる。

ラクダの牧場で、あのやさしい目の動物に挨拶をして、ドライブの終着点は満天の星の下での民族舞踊鑑賞とディナーだ。

ということになっていたけど、残念ながらこの日は曇りで、空は東京並みにしか星を見せてくれなかった。とはいえ、海老一染之助・染太郎（古い？）もびっくりの、傘回しならぬ帽子とスカート回しをしながら、自分もくるくる回り続けるダンスや、火吹きダンスを見ながら、ラム肉の串焼きや野菜の煮込み、ひよこ豆ディップを楽しむ、昼より心地よい戸外を堪能する夜となったのだった。

遊びに行ったわけではないので、ブックフェアの様子もお知らせしておくと、広い見本市会場には出版社や書店の出したブースが並び、ドバイからは紀伊國屋書店が来ていた。アラビア語になった『キャプテン翼』が、目玉商品なのか大きなパネルで宣伝されている。

キャンディかチョコレートでも売っているのかと思って近づいた、カラフルさが目を引くブースで売られていたのは、なんと色とりどりの表紙のコーラン。ピンクやブルー、エメラルドグリーン、レモンイエロー、パープルと、ほんとにきれい。読めないのに、思わず一冊購入。

全身黒ずくめのムスリムの女性たちが群がるようにして何かを買い求めているブースがあったので、ここはまず宗教関連か教育ものでしょうか、と思いながら、「オタクはどんな本を出していらっしゃるんですか?」と聞いてみたら、売り子の女性が真面目な顔で「クライム&ホラーです」と。

うん、ベールをかぶっていても、全身黒コートでも、そりゃ、みんな好きだよね、犯罪小説、ミステリー系は。

わたしの仕事は、小学校に派遣されて日本文化についてちょっとお話をする「スクール・ビジット」と、見本市会場に設営されたイベントブースでのパネル・ディスカッションに参加することだった。パネル・ディスカッションの参加者は、わたしと、桜庭一樹さんと、フランスに移民したシリア人のジャーナリスト兼小説家というおじさまの三人で、タイトルは「危機と回復力」でした。

なんだか、すごく、大きな話題である。

わたしたちはそれぞれ、危機（戦争とか災害とか）を題材にした自分の小説について話したけれど、中東で「戦争」について話すのは、荷が重すぎるような思いがつきまとった（アラブ首長国連邦じたいは、平和で治安もいいけれど、基本的に移民で成り立っている国だから、シリアからもイラクからもアフガニスタンからも人は集まってくる）。

最後に客席から手を挙げた男性に、

「日本は原爆で焼け野原になったが、必死で働いて国を復興させ、世界でも有数の経済大国になり、平和国家を築いた。あなたがたの国を尊敬している。中東ではいまも戦闘が続いているけれど、そのことについてどう考えるか」

と聞かれて、胸が詰まってしまった。

必死で答えたけど、頭が混乱して、何を言ったかあまりよく憶《おぼ》えていない。

あなたなら、どう答えますか？

わたしたちのご先祖は喧嘩の苦手なお百姓さん

広島の友達が牡蠣《かき》を送ってくれた。新鮮な牡蠣だったから、出汁醤油に柚子を搾って、紅葉おろしを添えて生牡蠣を前菜に。メインは味噌仕立ての鍋にした。寒い季節にはやっぱり鍋がいい。二日目は、安定の牡蠣フライ。残ったものを昆布締めにしておいて、三日目にそれを炙《あぶ》って完食する。昆布締めは素晴らしい。締められたものの味を凝縮させ、うまみと塩気を加え、ねっとりした食感も与えてくれる。昆布に挟んだだけなのに、なぜあんなにもおいしくなるのだろうか。

冬はやはり日本で海の幸を食べるのが最高だなとあらためて思う。

じつはとんぼ返りで金沢にも行ったのだ。

香箱の季節になると、金沢がわたしを、おーい、今年は来ないのかあ？と、呼んでいるような気がする。あの小さな宝石箱のような蟹《かに》に、どうしてあんなにしっかりおいしい身が詰まっているのだろう。

寒ブリのお造りも、白エビのかき揚げも、みんなみんなおいしかった。

いいなあ、日本。

海外に行くことが重なると、日本のいいところや、そうでもないところなどを、なにかと考える羽目に陥る。食べ物に関しては、うちの国は自慢できるものが多いのではないだろうか。

日本人は「日本人論」が好き、と昔から言われていて、ほかと比べてああだこうだと言われるのを、そして言うのを好む。

最近は、「日本スゴイ」というのがテレビやネットで流行っているそうだけど、謙虚で奥ゆかしくて自慢がへたくそなほうが、どちらかといえば日本人ぽくて、わたしは好きだ。スゴクなくてもいいんじゃないかと思うし、スゴクないところがいいんじゃないかとも思う。まあ、スゴクだめなところもあるから、いいばっかりじゃないです、もちろん。

国語学者の金田一秀穂先生が書かれた『日本語のへそ』（青春出版社刊）という本を読んでいたら、おもしろい話が出てきた。

「日本語にはセックスにまつわる罵倒語が少ない」という話だ。

じつを言うと、「日本語には罵倒語が少ない」というのは、しばしば外国語との比較で話題になる。わたしの友人、知人には翻訳を仕事にしている人が何人かおり、常に罵倒語の少なさに困らされている。ファックユーとか、マザーファッカーとか、サナバビッチ（あばずれの息子）みたいなやつだ。こんなこと、カタカナだから平気で書けるけれども、近くに英語のわかる人がいたら、ぜったいに声を出して読まないでいただきたい。

友人たちが翻訳に困るのは、見ての通り、セックスにまつわる罵倒語がものすごく充実しているからで、相当する日本語が、ないのだ。

ヨーロッパの言語にはもちろん、韓国語にも中国語にもあるのに。

金田一先生の解説によると、「日本が古くから性に対して極めてオープンだったから」という説があるのだそうだ。江戸時代までは混浴が当たり前、明治政府が禁止するまで、わりと平気で裸で歩いていたし、浮世絵などでもエッチな絵を描き放題、セックスにあけっぴろげな国では、セクシャルな言葉にネガティブな意味を込めることがあまりなかったのではないかと考えられているそうだ。

そして、なぜかそのかわりに罵倒語になっているのが「野菜」だという。

「ボケなす」「おたんこなす」「大根役者」「もやしっ子」「芋野郎」「どてカボチャ」、比較的新しいのに「頭がピーマン」なんていうのがあると。そういえば、多いわ、野菜を使った罵倒語。「うらなり」なんていうのも、まあ、その一種と言っていい。

日本人が議論べたなのは、基本的に農耕民族で自分の生きる土地以外に出ることも、外から人がやってくることもなく、よく知った者同士の阿吽《あうん》の呼吸が存在し、空気を読むことで和を保ってきたからだとも。

となると、こういうことだ。

わがご先祖さまたちは、顔見知りで似た者同士の小さなコミュニティを出ることなく暮らし、田畑を耕してよく働き、セックスにはおおらかでオープンだった。たぶん、祭りの夜なんかに羽目を外してしまって、誰の子かわからない子どもができても、村でみんなで大切に育てる。サナバビッチなんて悪口、もう、ぜんぜん、言いっこなし。連れ添った夫婦になかなか子ができなかったりしても、奥さんが「子宝の湯」に湯治に行くと、夜、なにものかがやってきて、そして、「お湯のおかげで」みごと子宝を授かったりするのである。

だから、腹が立つことなどもあまりなく、穏やかに一生を終える。

唯一、心の底から腹が立つのは、丹精込めて育てたはずの農作物が、よく育たなかったときなのだ。あんなに手をかけたのに。一生懸命育てたのに。その生真面目さが、この一言を生むのである。

「ボケなすっ！」

「うらなりっ！」

「この、どてカボチャ！」

罵倒語の多くが野菜に関係しているなんていう言葉を持っているのは、日本くらいのものじゃないだろうか。

なんだか、かわいいなあ、ご先祖さまたち。

グローバル化には抗しがたく、日本人も世界標準の弁論技術など学ぶべきではあろうけれど、こと罵倒語に関しては、野菜由来を輸出することで、世界の緊張を和らげることができないものだろうか。

「ファック」なんて品のないのはやめて、「ピーマンヘッド」とか「ヘイ、ポテト！」とか、いかが？　世界の首脳陣にプレゼンしたい。

五十代以上の女性は透明人間？

今年に入ってすぐ、くらいだっただろうか。フランスの男性作家が雑誌『マリ・クレール』のインタビューに答えて「五十代以上の女性は年を取りすぎてて恋愛対象にならない。五十以上はインビジブル（目に入らない）」と言って集中非難を浴びた事件があった。日本では若い女の子だけがもてはやされるのはほぼ「普通」のことなので、たいして話題にもならなかったが。ただまあ、「やだな」という感覚は持つ。知りもしないフランス人にとって自分が「恋愛対象」ではないなんてことに傷つく必要はないはずなのに、「やだな」と思うのはなぜなのか。

一つにはフランスというお国柄があって、かの国では女性は死ぬまで「女性」として大事にされ、恋愛対象であり、美しくあり続けるというイメージがあるからだろう。ジャンヌ・モローはほんとに死ぬまで美しかった気がするし、カトリーヌ・ドヌーヴは七十五歳だけど、いまも「恋多き女」みたいな役を堂々と演じていて、お母さん役しかやらないなんてことはない。ソフィー・マルソー五十二歳となれば、もう現役バリバリで恋愛映画に出ている。女性が老いても「女性」として大切にされる国「フランス」のイメージを、フランス人男性自身が、ぶち壊した感じがして、「ブルータス、おまえもか！」みたいな、裏切られた感が拭えない。

もう一方で、極東のわが国においてすら、女性が恋愛対象であり続ける年齢が、変化してきているところもある。かつては四十代の女性といえばそれこそ「お母さん」か「おばさん」かだったが、四十代の人気女優が二十歳年下の男性とつきあっているという週刊誌報道があったときは、「いいわねー」と思ったし、それは女優さんならではの特殊事情とも感じられず、女性の社会進出とか晩婚化とかとも影響し合って、いまの四十代なら、二十歳年下ではなくても、三十代くらいの素敵《すてき》な男性と素敵なおつきあいをしていそうだ。もちろん、年下とつきあってないと「素敵」じゃないというわけではない。

五十代は、さすがにもう「お母さん」「おばさん」、一部「おばあさん」ありの年齢なイメージではあるが、キョンキョンが恋愛していれば「さもありなん」と思うし、石田ゆり子さんのかわいさは圧倒的で、今年、彼女が五十歳の誕生日を迎えたとたんに消滅するとは考え難い。

早晩、頑強な若い女の子信仰のあるこの国でも、冒頭のフランス人作家発言などに鋭いブーイングが投げかけられる日が訪れるのかもしれない。日本の男の若い子好きがそうそう変わるわけがないと思う方もいるだろうが、内心そうであってもそれを公言すればボコボコにされる、という日は遠くないのかもしれない。

そんなことを考えたのは、昨今、まわりを見回して「世の中、変わったたな」と感慨にふけることが多いからだ。

「#ＭｅＴｏｏ」といっても、まだ、ピンと来ない方もいるだろうか。昨年、高校時代の女友達二人と会って話したら、二人とも「財務事務次官のセクハラ」は知っていたけど、世界を席捲《せっけん》する「#ＭｅＴｏｏ」のほうは知らなかった。ひどいセクハラやレイプ被害に遭った女性（男性も）が、自分の体験を言葉にしてほかの被害者との連帯を示す運動のことで、ハリウッドの映画プロデューサーが女優たちにした凄《すさ》まじいセクハラがきっかけになって広まった。

二〇一七年に爆発的に世界中に飛び火したこの運動も、日本ではわりと小さく、ゆっくりした動きだったが、昨年後半から今年にかけて、けっこう大きく動いた感がある。教え子の大学院生に関係を迫った大学教授とか、ジャーナリスト志望の女性たちをレイプしたフォトジャーナリストとか、ひどい話が次々出てきた。被害者女性が声を上げたからだ。

半世紀以上この国で生きている人間として、また女性として、しみじみ思うのは、ずいぶん長いこと、セクハラ以外に女性と関係を作れない男性が、いーっぱい、いっぱいいたってことだった。女性と口をきくといえば、「結婚しないの？」「彼氏いないの？」「痩せた？　太った？」「そんなんじゃ嫁にいけない」「胸が大きい・小さい」みたいなことしかなく、仕事上の部下や後輩（趣味のサークルなどでも同じ）に「尊敬しています」と言われると、「おー、こいつ、俺に惚《ほ》れてる！」と思い込む男性が、いかに、いかに多かったかを考えると、いま、セクハラ加害を追及されている人たちは、自分の人生の大半を支えてきた男尊女卑的価値観をぐらぐらに揺さぶられて、自己崩壊しそうだろうと想像せざるを得ない。

そんな自己など崩壊したほうがいいんだし、セクハラが大前提の世の中なんか変わってもらわなきゃ困るんだけど、これまでいかに多くの男性たちがとんでもない価値観を持ったまま生き、死んでいったかを考えると、いま責められているセクハラ加害者たちは、変化の時代に当たってしまった自分の不運を嘆いているかもしれないとは思う。変化の時代に、自分の価値観を転換させることができるのを、幸運だと思ってくれればいいけど、なかなかそういうことは凡人にはできない。

この変化の波の先に来る時代に期待したいのは、「五十代女性が恋愛対象となる時代」とか「若い女性がセクハラに遭わない時代」（もちろん、これは重要）というよりも、人が「何歳だから」とか「若いから」とか「年寄りだから」とか「学生だから」とか「女性だから」（あるいは男性だから、マイノリティだから）とかいった属性で不利益に遭わないことじゃないだろうか。

大ヒット映画『ボヘミアン・ラプソディ』の中でフレディ・マーキュリーが言ってたけど、「自分がどういう人間かは自分で決める（I decide who I am.）」という未来が、みんなに開かれていくといいなあと思う。

ブレグジットとブリティッシュ・パイ

先日、二十五年ぶりくらいでイギリスに行ってきた。『小さいおうち』の英語版が出版されたので、イギリスのいくつかの街で行われた書店イベントなどに参加してきたのだった。

前回行ったときは会社員で、フランス留学中の学生だった姉と待ち合わせての観光旅行だったのだが、あいにく急に虫歯がうずきだし、旅程のほとんどを歯の痛みとともに過ごしたので、何を見たんだか、ほとんど覚えていない。

唯一覚えているのが、何を食べたか。

しかし、おいしかったからという理由ではない。歯の痛みを誤魔化《ごまか》すために、口の中を痺《しび》れさせる必要があり、インド料理やタイ料理など、辛いものを食べさせる店を探しては入っていたのだった。うまいものに出会うことを無上の愉しみとして旅に出ている人間として、これほど悲しいことはなかった。

ともあれ、イギリスの名物料理といって思い浮かぶのは、フィッシュ&チップスくらい。そして今回、街を歩いてみて見つけることが多かったのは、なんと日本食だった。「YOU&ME　スシ」とか「わさび」とか、巻きずし中心のファストフードチェーンがいくつもある。うどん屋、ラーメン屋も目についた。スシとタイカレーの店、なんていうのも。

そのほかに目立ったのは、中東系の料理、地中海料理、それからヴィーガン。「絶対菜食主義」と訳される禁欲的なヴィーガンは、もともとイギリスが発祥の地だそうで、歴史も長いらしい。

なんとなく、おいしそうだなと思って入ると、ヴィーガンだったり、ギリシャ料理だったりする。ギリシャやトルコの料理も、豆や野菜を使ったものが多いので、滞在中は、思いのほかヘルシーな食事が多かった。

でもヘルシーな食べ物というのは、それほど幸福感をもたらさない。これはなぜなのか。おいしくないわけじゃない。ものによってはかなりおいしいんだけど、やはりこってりしているもののほうが、「あ〜、食べるって、幸せだよね〜」という感覚をくれる。

たぶん、原始時代に、飢えてなかなか食べられなかったころ、脂肪や甘みを体に蓄えることができたときの幸せな気持ちが、遺伝子レベルで伝えられているからに違いない。

そしてこの、やたらと幸福感をくれる、炭水化物と脂質の多いおいしい食べ物を、今回ようやくイギリスで見つけた。二十五年前と同じように、フランスから来た姉とロンドンで会ってリベンジを果たした。前回は二人とも独身だったが、いまは家族持ち。でも、さすがに二十五年も経《た》つと姪っ子、甥っ子も育ちあがって、二人とも疑似シングルを楽しむ年齢になっている。

その食べ物というのは、トラディショナルなイギリスパブで出す「パイ&マッシュ」で、中にビーフシチューとか、鶏とキノコのクリーム煮なんかが入っているサクサクのパイと、マッシュポテトの組み合わせ。なんというカロリーの高さ！　肉汁とワインを煮詰め、炒めた小麦粉でとろみをつけたグレイビーソースをかけて食べるので、さらに糖質量はアップする。

クラーケンウェルという、おしゃれなロンドンっ子が注目するエリアの端っこにあった、一七九〇年創業、なにやら受賞歴のあるパイを出すというパブで、これを食べました。

うまーい！

なんのかんの言っても、土地の人がうまいと思って食べている老舗の味は確かなのだ。とてもイギリス的なものを食べている気がして、それは幸せな気持ちになった。

しかしこの「イギリス的なもの」のあれこれは、いま、とても危機的状況にあるらしい。ロンドンで出会った人たちの口から、ひっきりなしに飛び出したのは「ブレグジット」の話題だった。例の、イギリスがＥＵ（欧州連合）から離脱するという話。三年前の国民投票の結果を受けて、まさにこの三月末で離脱する予定だったが、いまだ先行きは不透明。

日本の自動車メーカー、ホンダがイギリス工場を閉鎖したというニュースは、日本でも話題になった。大きな企業がどんどんイギリスから逃げ出していて、それにともなって雇用も減ってしまって、イギリスの人たちは
「こんなはずじゃなかった！」

という思いに苛《さいな》まれているらしい。

「自分に仕事がないのは、移民のせいだ。移民に出ていってほしいって言って、国民投票でＥＵ離脱を選んだら、その後、出ていく移民はこれまでこの国を支えてた優秀な人ばっ

かり」

「ひどいのは、イギリスのメーカーまでが海外に拠点を移してしまったこと。国民投票の前には、離脱するといいことありますよって言ってた連中がさっさと出ていった。投票の前に聞かされてたことのほとんどが、でたらめだった」

口々に、イギリスの友達が言う。

「わたしの国は、『ゆりかごから墓場まで』の福祉制度があって、共感や寛容さを大事にする国だと思ってた。でも、福祉は切り捨て。貧富の格差もすごい。わたしの国は終わってしまった。自分の国が自殺していくのを見るみたいな感じ。毎日、ニュースを見るのがつらい」

と、ある友人は言った。

イギリス、お茶と女王様とブリティッシュロックの素敵《すてき》な国に、ぼんやり憧れていた身には、聞かされることは次々ショッキングだった。

グローバル化とイギリス的な良さとが、上手に同居する理想的な未来が描ければいいのにと、素人は漠然と夢想する。そして、根拠のない宣伝に左右されやすい国民投票の危うさについても考えさせられた。

憲法を変えるかどうかの国民投票が近い未来に日本で行われるとしても、自分の意見を固めるための情報だけは、いろいろなところからしっかり集めておかなければならないだろう。

2019.6 ~ 2020.5

第2章
人は老い、
地球は温暖化する

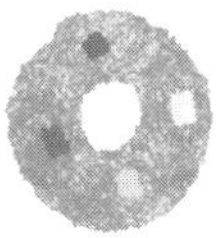

エイジングと旅支度

このごろ仕事で旅に出ることが多くなって、それで気づいたのだが、若いときとはずいぶん旅支度が違ってきている。

この年になって、たとえば海外旅行で飛行機に十時間以上乗るなんていうのは、はっきりいって拷問に近い。予約するときはぜったいに通路側に席をとる。窓から海や大陸を眺めてその雄大さにうっとりしたりするのは、若い人にまかせればいいんですよ。トイレに行く自由を確保するほうが、よっぽど大事ですからね。

時間があるなら、飛行機の中で寝て体力を温存しようなどという考えも、あれは若いからできるのであって、飛行機の中で寝るのはかなり危険なことである。時差ボケになるからとか、そういうことではない。座ったままの姿勢で寝ると、体のあちこちが悲鳴を上げるのだ。

飛行機でも、新幹線の中でもいい。二、三時間、その姿勢で寝て、首が痛くならないとしたら、あなたの体はまだ柔軟なのである。頭全体が首にめり込んだような感覚になり、痛くて伸ばせないようになるのが、まあ、五十代の首の普通のあり方だろう。

だからとうぜん、旅の支度として枕のようなものが望まれるけれども、あの、便座（すみません）のような形をした旅行用枕は、だいたいにおいてあんまり役に立たない。

長い経験から、わたしがたどり着いたのは、首をがっちり支えて右にも左にも下にも動かないようにする、どちらかというとむち打ち症の人がつけるコルセットのような首サポーターだ。寝て起きて、これを外して、首を前後左右に動かしたときの快適さが違う。

そしてもちろん、腰。座りっぱなしが腰に悪いのは職業柄、百も承知だから、そこは対策を怠らないようにしている。このあいだ、ピラティスの先生に教えてもらった、ヨガやピラティスで使う、直径二十センチほどの塩化ビニル製のボール、これは福音だった！

空気を抜けば小さくなって邪魔にならないし、ストローで半分くらい空気を入れて（パンパンにはしないのが秘訣）、腰に当てたり、背中に当てたり、お尻の下に敷いたりするのだ。ときどき位置を変えて使うのがポイント。ほんとに腰がラクなので、いまや仕事場でも使っている。

服装も変化した。

昔は平気でジーンズなど穿《は》いていましたが、あんな硬いもの、もってのほかである。

よく海外セレブはジャージみたいなものを着ているが、あれが正解だと思う。とにかく、できれば寝間着で行きたいくらいだ。しかし、セレブじゃないと、ジャージで旅行は勇気がいるから、スポーツウェアメーカーが作っている、ストレッチ素材を使った黒のパンツを愛用している。ともかくおなかだけじゃなくて、全部ゴムみたいな感じなので、とってもラクなのだ。それから、締め付けのないスポーツブラにして、Tシャツかトレーナー、上にフード付きパーカを着る。フード付きがいいのは、首回りが温かいし、すっぽりかぶると光も遮るので寝やすい。乾燥するので、マスクも必需品だ。

そこまで？　と思うかもしれないけど、五本指ソックスもできれば持参したい。飛行機の中で履き替えて、一本一本指をマッサージすると、リラックスして寝やすいし、エコノミークラス症候群にもなりにくい。着圧ソックスも必需品。

でも、まあ、満席で隣が外国人だったりすると、靴を脱いだり、靴下を穿き替えたり、靴下を穿いた足の先を手でつかんでぐるぐる回したりすると、嫌がられる可能性もあるので、そこは状況しだいではあるが。そして、毛布をかけて、暖かくして寝る。

ポーチに入れているのは、マヌカハニー入りのキャンディ。喉《のど》が痛くなったらすぐ舐《な》める。ミントオイル。頭が痛くなったときに、額やこめかみに塗るとラクになります。それと使い捨てカイロ。これもあると安心だ。夏とか冬とか関係ない。飛行機の中は、いつだって寒い。冷えは中年女性の敵だ。

昔々、大学の卒業旅行で、初めて香港に行ったときに、ツアー参加者のおばさんがガイドさんに、

「梅干し持ってきてない？」

と、詰め寄るのを見て、なんで外国まで来て梅干し食べなきゃなんないのよ、と思い、

「ありますよ」

と、さっと取り出したツアーガイド女性を見て驚愕したものだったが、あれは、わたしが若くてまだ人生を知らなかったからだ。

おなかが痛いとき、気持ちが悪いとき、食欲がないとき。健やかなるときも病めるときも、梅干しは、あなたを救う。

ほんとにそう思う。それから、味噌ね。

旅先であろうとなかろうと、わたしたちがストレスを感じて体調を崩してしまうときは、自律神経がバランスを崩すわけだけれど、その自律神経を整えるのに大事なのが「腸内細菌」というやつで、お味噌にはとってもすてきな善玉菌が含まれていて、わたしたちを幸せにしてくれるんだそうな。理屈はわからないけど、一杯の味噌汁は心と体を落ち着かせてくれる。というわけで、インスタント味噌汁も持っていくことが多い。

基本、健康を考えて用意する旅支度のあれこれなのだが、以前、韓国に行ったとき、同行者数名とホテルの一室で飲み会が始まってしまい、なぜだかそのホテルにはウェルカムフルーツのかわりにウェルカムきゅうりが置いてあって、誰かが、

「味噌があればいいのにな」

と呟《つぶや》いたので、すかさず部屋に取りに行って味噌を持って戻ったら、韓国焼酎ですっかり酔っぱらった旅の道連れに、英雄のように称《たた》えられたことがあった。

人は世話をされるよりもするのが好きな生き物

『長いお別れ』という小説を出したのは、四年ほど前のことになる。十年間、アルツハイマー型認知症を患って他界した父を介護した経験から、そのころのエピソードをたくさん拾って書いた。もちろん、作中の主人公とわたしの父は違う人物だし、登場する娘もわたし自身ではない。小説の作法で作った作品だけれど、自分のとても身近な人を題材にしたという意味では、特別な思いがある。

父が死んだのは、二〇一三年の冬で、今年の暮れには七回忌を予定している。六年も経《た》ったのだから、認知症をめぐる状況はある程度変わってきている。父の認知症発覚は二〇〇四年のことだったが、その当時はまだ「痴呆症」という呼び名が使われていた。二〇〇五年に、その呼称は「認知症」に切り替えられた。ずいぶん、ひどい名前がついていたものだと思う。

父が認知症と診断されたとき、わたしたち家族の受け止めは、「やはり、来たか」という感じだった。だから、地獄に突き落とされるほどのショックとは違った。父の姉がその病気を患って亡くなったこともあって、いつかそうなるのではという予感があったし、物忘れの進行じたいにはうすうす気づいていたからだ。

でも、いまから当時を振り返ってみると、いちばん早く病気に気づき、いちばんそのことで悩んでいたのは、父自身だったはずだ。

診断が下るよりかなり前から、父は苛々《いらいら》して機嫌が悪く、食も細くなり、うつ状態に陥った。もともと、環境が変わると気鬱になりやすく、多少気難しいところもあったから、そういう人なのだと思っていたけれど、あのころ不機嫌だったのは、つらかったのだろう。かつては難なくできたことができなくなっていく自分に気づいたり、自分が何をしているのかを思い出せなかったり、仲のよかった自分の姉が記憶をなくしていったのを思い出したりするたびに。

認知症の美点は、つらいことも忘れてしまうところだ。病気が進行すると、父はうつ状態から脱出して明るくなった。そのかわり、いろんなことを忘れた。わたしの名前もすっかり忘れた。誰か、親しい存在なのだろうとは思っていてくれたようだったが、自分の娘だということは、かなり早い段階で忘れてしまった。

あのころの父は、なんともいえずおもしろかった。娘の名前は忘れても、「鼠《ねずみ》」などという難読漢字を書くことができた。「なるほど」「そうでしたか」「それは、まったく知りませんでした」などの相槌《あいづち》を巧みに使いこなして、知人との会話はまるで病気ではないかのように、上手にやってのけた。

同窓会に出かけていって、旧友に久しぶりだなと話しかけられて、

「おおお！　おまえとこんなところで会えるとは思わなかったなあ！」

と、たいへんな感激ぶりを発揮したときも、その古いお友達は、父がそのお友達を忘れ、同窓会であることも忘れ、「久しぶり」という言葉に反応して、その場を果敢に取り繕っているとは、よもや思わなかっただろう。

そのうち父は、取り繕う言葉もなくしてしまい、意味不明の言葉を発するようになった。認知症から来る、失語の症状として、意味をなさない言葉が出てきてしまうことがあるらしい。文法は正しいのに、単語がヘンなので、本人は真面目にしゃべっているのに伝わらないという状況になる。

ヘンな言葉であっても、そこには父の感情が乗っていたので、その気持ちがうれしくて慰められるようなこともあった。

病気が進むと、患者は人の世話になるばかりだ。下の世話だって、自分ではできなくなる。でも、父は最後まで、人の世話をしたがった。孫たちのめくれたTシャツの裾を引っ張って直したがって、めんどくさがられた。

よく思い出すのは、わたしが膝に穴のあいたダメージジーンズを穿《は》いていると、必ず、じーっと見つめて、

「買ってやるよ」

と言ったことだ。

わたしが貧乏なために、穴あきズボンを穿いていると認識していたらしい。そのころ、よくそのジーンズを穿いていたのだが、見るたびに言った。気の毒だなあ、という表情をして。

人は、人の世話をしたがる生き物だと、そのときに気づいた。世話をされるより、するほうが気持ちがいいものだ。能動的で、自尊心を満足させることができ、人に感謝される。

人は人の役に立ちたいのだ。それが人間ってものなのだと、あの病気を見ていて、強く感じた。だから、病気の人にも、たまには愚痴を聞いてもらったり弱みを見せたりしていいのだと思う。むしろ、そうすることが介護するほうにもされるほうにもいいときもある。

『長いお別れ』が、映画になった。公開は、五月末だそうだ。

メガホンを取ったのは、中野量太監督で、この映画が商業映画二作目になる。一昨年、『湯を沸かすほどの熱い愛』という映画で、国内の映画賞を総ナメにした。映画界の期待も相当大きいのだろう。試写会は連日満席だそうだ。アルツハイマーの元校長先生を演じるのは、山﨑努さん、その妻役が松原智恵子さん、夫の赴任についてアメリカに行っている長女役が竹内結子さん、シングルの次女が蒼井優さん。

原作では三人娘の設定が二人になっていたり、孫の人数も減っていたり、いろいろ映画オリジナルのエピソードなども多いのだが、認知症患者の尊厳が、さりげなく大事にされたシーンを見ると、ホッとする。これまで描かれた認知症映画にはない、心温まるユーモアと品のようなものが感じられた。原作者としては、公開が待ち遠しくて、いまはドキドキしている。

だるい、眠い、太る……
それは十代のときからですが

二週間に一回くらいずつ、鍼とピラティスに通っている。鍼は七年、ピラティスも三年半くらいになるだろうか。効果のほどは、劇的というわけではないけれども、仕事が重なって鍼治療に行けないと、体の中に何かが詰まっているような、停滞感を感じる。やっぱり「気の流れ」というのはあって、それが滞っていると不調が出るのだろう。腰、肩はもちろんだが、鍼通いがストップすると頭痛が訪れる。

ピラティスのほうは、体を動かすのでレッスン前と後とでラクさがぜんぜん違う。座ってばっかりいる仕事のせいで、使わない筋肉が縮み込んでいたり、硬くなっていたりするので、それらをのばし、ほぐして、使う運動は、ときどき筋肉痛を引き起こすけれど、それも含めて何かが「効いてる」感じはする。若干、猫背も修正されてきているし、疲れにくくなってきた。何より、気持ちがいいので、運動嫌いのわたしにしては続いているエクササイズなのだ。

ほらね、わたしも齢《よわい》五十五、それなりにわが身のメンテナンスは心がけている。最近の五十代は、見た目も若いし、着るものも若い子とそう変わらないから、意識もそれなりに若かったりする。しかし、わが鍼の先生は、大事なのは見かけではないときっぱりおっしゃるのである。

「見た目は若いけど、中身はねえ」

と、声を低くして言うのだ。中身は、そう、べつに昔と比べて若くなってるわけではないと。

このあいだ、ちょうど天皇即位の十連休の直前に、とつぜん不正出血とかいうものがあって、驚いて、大急ぎで診察してくれる婦人科を探した。なにしろ連休に入ってしまうと何もかもがお休みになってしまうし、医療機関はどこもいまは予約制だし、かなり焦ったのだけれども、診察してくれるところを見つけたのはラッキーだった。

経験のある方はいらっしゃるだろうけれど、閉経したと思っていたのに唐突に月のものがやってくると、やはりびっくりする。更年期に入るとそんなのも慣れっこになり、そう

こうするうち終わるんでしょうと思っていて、とうとう本格的に終了したと思い込んでから、ひょっこりあったので、婦人科で、

「最後の月経はいつですか？」

と聞かれても、さあと首をひねるほど。

ともかく、エコー検査で子宮体がんのチェックをし、血液検査を終えて十日後に結果を聞きに行くことに。

結果は「婦人科には問題なし」で、子宮頸がんの兆候もなく、ようは、卵巣にまだ若干、力が残っているということらしい。若干って、何をしたいんだろう、自分の卵巣。

昔、女性がもっとたくさん子どもを産んでいたころは、妊娠中、授乳中には、生理がなくなるから、生涯で生理が起こる回数が五十回だけ、なんていう人もいたらしい。子どもを十人産んで、それぞれのために妊娠・授乳が三年かかるとすれば、三十年は生理がない。そうなると、五十回というのも、あり得ない話ではない。

それが現代女性の場合は、四百回から五百回だそうで、昔と比べると、とんでもない数だから、それだけ子宮や卵巣は酷使されるわけで、トラブルも起こりやすいんだそうだ。

それはさておき、血液検査の結果、甲状腺機能低下症の疑いがあるとかで、今度は甲状腺専門医への紹介状をもらい、次なる検査へ。

こちらも最初はエコーチェックで、「目立つほどではないがちょっと甲状腺に張りとしこりが見られます」とのことで、またまた血液検査。こちらの結果は三日後。

そして、最終的には、「軽度の橋本病」なんだそうである。橋本病というのは、橋本先生という人が発見した甲状腺の症状で、慢性的な甲状腺の炎症を指すらしい。この炎症がひどくなり、甲状腺機能低下症を引き起こす場合があって、そうすると、甲状腺ホルモンを投薬で補う治療が生涯にわたって行われることになる。

わたしの場合は、機能低下症は引き起こしてないので、定期的に検診に行くだけでよいと。まあ、それはよかったが、橋本病の症状というのを聞くと、「眠くなる」「だるくなる」「太る」。ふむふむ。って、それはもう、十代のときからそうなんですけども。眠かったよ、毎日。高校のとき。橋本病も重篤なものとなると、起きられないほどの倦怠感に苦しめられるというから、軽かったのは幸いだった。

ともかく、あまり心配する必要はないと言ってくれたあとで、わたしより少し年配と思われる素敵な女医さんは、にっこり笑ってつけ加えた。

「悪玉コレステロールと中性脂肪の数字が高いので、お食事と運動、気をつけてね〜」

そうですか。そこですか。

それは知っていたの。

聞くまでもなく。

つまり、エコー検査だの血液検査だのするまでもなく、わたしの問題は悪玉コレステロールと中性脂肪に決まってるわけですよ。見た目から言ってもね。

脳裏に、昨日いただいた京都土産の阿闍梨餅《あじゃりもち》とか、スペイン産のイベリコ豚の生ハムとか、知人から送られてくる予定の「甘々娘」という名前のトウモロコシとか、お香典返しのリストから選んでしまったすきやき肉とか、近所にオープンしたフライが自慢の洋食店のメンチカツとか、季節柄そろそろどうしても食べねばならない鰻の蒲焼などが、浮かんでは消えていくのであった。

「胃腸なんですけどねー、中島さんの場合、心配なのは」

もろもろの検査結果を報告すると、わが鍼の先生は、言った。

「次、検査するなら胃腸にしてくださいね」

清里は、いまや落ち着いた大人の避暑地

今年に入ってから、二度ほど清里に行った。

というのも、彼の地を舞台にした新作小説を構想中だからで、それにかこつけて、今年は何度か行くことになると思う。ほんとうは、居心地のいい貸別荘を夏じゅう借り切って、執筆に専念……なんていうのが理想なのだけれども、そこまで居心地の良さそうなのが見つからないし、東京で用事もあるし、結局、車で二時間で行けるのならと、ちょこちょこ通う形になりそう。

ところで「清里」といえば、読者のみなさまにはなんとなく照れくさいような思い出がおありなのではないだろうか。というか、あるんですわ、わたしには。

十代とか二十代とかのころ、あそこは若者の聖地だった。パステルカラーのトレーナーとか着て、サイクリングしたりテニスしたり、清泉寮でソフトクリームを食べたりするところだった。そして若い男女が集って「ペンション」に泊まるのだ。こちらもパステルカ

ラーをしていた。何もかもがパステルカラーだった。清里とはそういう場所だった。

バブルがはじけて、平成三十余年がまるまる終わったいま、あのパステルの町はどうなっているのだろうというのが、新作小説の舞台に清里を選んだそもそもの動機だった。小海線というのも流行《はや》ったよね。JRでいちばん空に近い駅があるとかなんとか。高原列車とは、小海線をイメージした言葉だった。

それで、まあ、清里に行ってみたのだが、JR清里、つまり小海線清里駅の周辺は、うーん、なるほどパステルの討ち死にした姿が、そのまま残っているという、なかなか正視が難しい場所となっていた。

絵本から抜け出たようなファンシーでキュートでパステルな建物が、そのまま、あられもなく朽ちていく悲しさよ。

駅前にはそれでも、かろうじてお土産を売る店などが開いていたりもするのだが、なんといっても昔は流行《はや》っていたに違いないパステルの建物の廃墟《はいきょ》化が痛々しい。通りを行けば、廃業したホテルが、文字通り「野ざらし」状態で鉄骨をむき出しにしていたりもする。もう、こうなるとパステルだったかどうかも不明で、台風のときに錆《さ》びた鉄骨が飛んだりしないのかなと、不安になってくる。

そうなんだけど、不思議なのは、ほんとうにこの、駅周辺の一角だけ、それから車を走らせていると、急に立ち現れるどこかの一区域だけが、パステル墓場みたいになっているだけで、道ひとつ隔てた先は、美しい牧草地と青い空が広がる、美しくて涼しくて空気のおいしい高原だってことなのだ。

清里は全体で廃れているわけでは、ぜんぜん、ない。

じつは移住者が増えているらしい。生鮮食品は、生協に加入すれば持ってきてもらえるし、新鮮な野菜は地元の農産物直売所で安く手に入る。スーパーマーケットはないけれど、いまどき、宅配を使えば、不自由はない。コンビニエンスストアはある。東京や名古屋へのアクセスも、車さえあれば問題ない。夏は冷房いらずで暮らしやすいという。

そうは言っても、不便なところには、やっぱり朽ち果てた感じの別荘の残骸があったりするから、やはり人気があるところとないところの差は、歴然としているのだろう。

泊まったのは、オープン四十周年を迎えるという老舗（?）のペンションで、いわゆるペンションブームの火付け役でもあったという、清里ど真ん中の宿だった。

落ち着いたカントリー調のロビーは、天井が高く、暖炉があって、ゆったりしたソファが置かれ、なんとなくアメリカやイギリスのベッドアンドブレックファストのような雰囲気。

そして、よく見まわすと、パステル感がない。パインやオークの家具、生成りのファブリックに、ブルーベリーや野いちごを思わせる色合いのアクセントがきいている。ドライフラワーもハーブティーも、いかにも清里高原産という感じで、そうそう、これが清里の理想のペンションよ、と思うものの、それは、ぜんぜん、パステルカラーではないのだった。かつてはパステルだったのに、そうではなくなったというわけではなく、四十年間、変わらず落ち着いたナチュラルスタイルのペンションであるらしい。

清里のパステル、なんだったんだろう？

いま、清里で生き残っているペンションは、往時の半分くらいなのだという。思うに、パステルカラーにしたり、やたらと家具にハートのくりぬきを作ったりしていた宿は、やはり流行が終わるとサバイバルが難しかったのではないだろうか。

泊まり客や、高原の観光スポットで出会うのは、わりと同世代から上のシニアカップルや中高年女性同士の組み合わせが多く、若い人がいないではないけれど、外国人の数もそんなに多くはない。全体に、「落ち着いた」という形容詞を使いたくなる、渋めの避暑地に変身していた。

夕食は、前菜が高原野菜のサラダ（湯がいたケールが味わい深い！）、やはり高原で採《と》れた二種類のカリフラワーを使ったポタージュ、清里で採れるニジマス、ブルーベリーソース添え、甲州富士桜ポークのソテー、デザートは二種のベリーのアイスクリームで、焼きたてのパンも、甲州ワインも何もかもおいしかった！

サラダと大きなソーセージ、ハーブが香るオムレツ、地元の林檎《りんご》で作ったジャム、ふわふわのパンとお茶の朝食も至福の時間。

カラマツと白樺の散歩道を歩き、地元の作家の陶器やガラス器を物色して、八ヶ岳連峰を眺め、牧場の羊にも会ってリフレッシュした。

というわけで、新作小説は、当初企画したものよりも、爽やかな作品になりそうである。

お酒の飲み方は、個々人の才能に応じて

久しぶりに家でゆっくりワインを飲んだ。家にワインがあることじたい、下戸しかいないわが家には珍しいのだが、以前ある方からいただいた、とてもとてもおいしそうなボルドーの赤ワインを、開けて楽しむ日をわたしはひそかに心待ちにしておりました。

わたし以上にアルコール許容量の少ない連れ合いと二人では、ボトルを空けるのに何日かかるかわからず、いかな高級ワインでも最終的には酢になってしまう！　それではあまりにもったいないので、姉一家がフランスから帰国したのを機に、ワインの国からやってくる義兄のホームシックを慰める意味もあって、赤ワインの夕べを企画したのだ。

暑い日が続くので、オードブルはフレッシュサルサとチップス。揚げた夏野菜のレモンはちみつマリネ。塩豚を入れたジャーマンポテト。連れ合いが仕事先近くの月島で買ってきてくれたお肉屋さんの焼き豚は厚めにスライス。メインディッシュは、甥っ子とおばあちゃんの好物カツオ。軽く炙《あぶ》ってタタキにして、バジル、ルッコラ、クレソン、紫タマネ

ギを添え、バルサミコ酢と醤油、粒マスタードとガーリックでソースを作る。

氷とライムとミント、それにかき氷用の透明シロップと炭酸水を渡しておいたら、甥っ子と姪っ子は協力して真剣にノンアルコールモヒートを作ってくれた。これが、「飲まない」人たちの、この日のドリンクとなった。

締め、というのが洋食に必要なのかどうか知らないけど、最後はやっぱりごはんが食べたい。三宅島で作っている、旨味《うまみ》の強いサンマルツァーノトマトと鶏肉の炊き込みごはんは、炊飯器まかせ。

デザートの桃に行く前の、二種類のチーズとともに、すべては赤ワインを飲むための献立で、グラス二杯そこそこという少ない量を、しかし、わたしは堪能したのであった。

お・い・し・い！　チーズといっしょの赤ワインは本気で天国からの贈り物だと思う。カツオのタタキとの相性もばっちり。まあ、飲む人なら、「たった二杯なの？」と思うかもしれないけど、わたしにはパーフェクトで、これ以上飲んだらひっくり返るし、食事が楽しめない。

わたしにとっては、お酒は、食事を最上のものにしてくれる魔法の液体なので、食事抜きの酒というのは考えられない。そのことに気づいたのは、中年以降のことで、若いときはあまりよく考えずに飲んでいたから、お酒は好きでもなかったし、おいしいとも感じていなかった。義理とか社交のようなものだった。

それが変わったのは、三十代くらいだっただろうか。なぜか酒好きの友達の作る「日本酒の会」なるものに入会させられて、東京のうまい居酒屋巡りみたいなのを始めてからだ。友人たちはみな呑兵衛《のんべえ》だが、下戸のわたしを気遣ってくれて、いろんな日本酒をお猪口《ちょこ》に半杯くらいずつわたしにも注いでくれて、必ず水をオーダーしてくれる。そうして、その店の名物メニューを、次から次へと食べていくのである。これはなかなか至福の時間で、だんだんに、日本酒のバラエティの広さと奥深いうまさに開眼した。

お酒は飲むことは飲むけれども、かなり弱い。

これは若いときからぜんぜん変わらなくて、ちょっと飲むとぱっと顔が赤くなり、思考能力を喪失する。たいして飲んでいないので、意識を失うとか、気がついたら路上で寝ていたとか、お酒飲みが嬉々《きき》として披露するような蛮行に及んだことはついぞなく、ちょっと飲んで、頭がぼんやりして、眠くなって、寝てしまえればいいのだが、そうもいかないのでぼんやりしたまま起き続け、水やお茶で中和しながらその場をやり過ごす。というのが、長いこと、下戸のわたしの飲酒スタイルであった。

かつては、暑い日のビールの一口目がうまいというのはわかるけど、日本酒なんて論外だった。ハイボールのどこがおいしいのか、なぜ飲むのかなどは、いまでもよくわからない。

調子のよくないときは、早々に気持ち悪くなる。最近は、飲む前に肝臓や胃を守るドリンクを飲んで予防するようにしているけれど、それでも体調を崩すことはある。お酒を飲むのは賭けみたいなところがあって、翌日早くから仕事のアポイントがある日などは、リスク回避のために飲まないでおくこともある。

酒好きの人は、ちょっとうらやましい。いつでもどこでもたくさん飲めて、友達もすぐ作れるし、幸せそうに見える。飲んでいるときの宴会は楽しいけど、ウーロン茶に切り替えてからの素面《しらふ》の宴会は、ただただ終わるのを待つ時間だったりする。まあ、宴会によるけど。

それだけじゃなくて、ワイン好きで自宅にワインセラーがあって、食事に合わせて好みのワインを毎晩開けるという人や、出張のたびに土地の地酒をうれしそうに抱えて帰る人なんかを見ると、飲酒は文化だなあと思い、自分の文化度の低さを残念に思う。

　でもまあ、しょうがないのだ。アルコールは人によって許容量が違う。ということは、楽しみ方も人によって違うと考えたほうがいい。スポーツや音楽と同じで、才能のある人は素晴らしいし、極めることに意義もあるが、才能のない人だって、楽しむことはできる。

　わたしの場合、酔っぱらったら倒れて寝てしまえる家飲みがベストで、次に好きなのは、気心の知れた店での近所飲み。それも、量はほんとに少なく、しかもごくごくたまにしか飲まない。いっしょに飲んでくれる人が、その人の飲みたい量飲んでくれればそれでよし。

　これでも実はお酒が大好きで、飲んだ翌日は、おいしかった食事とお酒の組み合わせを反芻して幸せになるというコスパの良さなのである。

友あり遠方より来たる

シアトルからユキがやって来た。十六歳の娘、リー・アンといっしょに。再会するのも十七年ぶり。

ユキは、ジャパニーズアメリカンで、叔母さんが所有する家を管理する名目で、一戸建てに住み、空いている部屋を日本人留学生に貸していた。ユキと出会ったのは、一九九七年、二〇世紀が終わろうというころだった。

わたしが会社勤めを辞めて渡米したのは、その前の年の秋のことで、シアトルからフェリーで一時間ほどの軍港、ブレマートンという街でホームステイしながら現地の小学校で日本文化を教えるインターン・ティーチャーとして半年ほど過ごした。それはそれでとても楽しかったのだけれど、車がないとどこにも行けない田舎街の生活にちょっと飽きが来て、西海岸では都会のうちに入るシアトルにお引っ越しを画策した。運よく、その小学校に子どもを通わせていた日本人のお母さんが、友達のユキを紹介してくれたのだった。

ユキの家にはもう一人、大阪から脱ＯＬをしてアメリカに勉強に来ていたチエが住んでいて、ほぼ同い年のわたしたち三人は、三十代前半という、けっこういい年だったけれど、すっかり学生のような気分で、クイーンアンヒルの末端、運河の見える住宅地の一戸建てに、仲良く暮らしていたのだった。

平屋に見えるけれど坂に面して建っているので、地下室の広い、二階建てのような構造をした家で、二階というか一階というか、玄関を入ってすぐにあるのは広めのリビングルーム、その奥にキッチン、バスルーム、来客用のベッドが置かれたスペースがあり、さらにまた奥の左右に六畳くらいの個室があって、右側がわたし、左側がチエの部屋になった。ユキが暮らしているのはベースメント。そこにはシャワーもトイレもあるので、ふだん三人が顔を合わせるのは、おもにリビングルームだった。

ユキは料理が上手で、よく、生地からピザを焼いてくれた。チエも、大阪風のお好み焼きや親子丼なんかを手早く作ってくれて、いなりずしなんて手のかかるものを作ってくれたこともあったような気がする。わたしも煮豚とか肉じゃがなんかを作ったりして、料理のできる人間とハウスシェアするのは幸せなことだよなと思ったものだった。

料理好きで友達の多いユキはよく、ホームパーティをした。そういう日は、夜遅くまでおおぜいの人が、おしゃべりして音楽を聴いて、ユキの作ったすてきなお料理とお酒を楽しんだ。

だけど、あの日はじつは、わたしはその場にいなかったのである。

シアトルに居を移してからも、週に一度はブレマートンに行って、小学校でクラスを受け持っていた。だから、木曜の午前中にシアトルからフェリーでブレマートンに行き、午後に小学校で教え、その日はブレマートンのホストファミリーの家に泊めてもらって、翌日も三クラスくらいで仕事をして、金曜日の夕方シアトルに戻るのが、そのころのわたしのルーティンだった。そしてあの日は、木曜日だったのだ。

仕事を終えてフェリーに乗り、シアトルの家に戻ってきて、玄関のドアを開けると、わたしのものの二倍くらいはありそうな、大きな靴がそこにあった。

リビングでチエが「となりのサインフェルド」を見ていた。彼女はそのアメリカの長寿コメディ番組を、英語のリスニング強化のために必ず見ていたのだった。

「あの靴……」

わたしが玄関を指さすとチエがうれしそうに一重の目を細めて、

「チャックが昨日、泊まってな、まだ、おる」

と、言った。

その日からずーっと、チャックはベースメントに居ついて、ハウスシェアメンバーは四人になった。そして彼は、「まだ、おる」。

ユキはいまもシアトルのあの家に、しかし改築を経て暮らしている。夫と娘とともに。十七年前にシアトルに行ったとき、わたしはチャックとユキに結婚祝いを渡した。シェラトンホテルのメインダイニングのお食事券だ。チャックは音楽の街シアトルにふさわしいジャズ・ミュージシャンだが、ユキとつきあい始めた当初はＹＷＣＡで水泳のコーチもしていた。たしか、二人はそこで出会ったはずだ。

結婚の翌年、ユキとチャックは養女をもらった。それが、リー・アンだ。アジア系の彼女は、顔つきもユキに似ている。

ユキがリー・アンを連れて東京に来るというので、わたしたちは東京駅で待ち合わせをした。リー・アンと会うのは初めてなのだ。

目の前に現れたのは、わたしと同じだけ年を重ねたものの、あんまり変わらない小柄なユキと、スポーツ選手らしいしっかりした体つきの、小麦色に日焼けしたティーンエイジャーの女の子だった。そう、この子がリー・アン！

リー・アンは棒高跳びの選手なのだ。小さいときから体操クラブに入って、優秀な成績をおさめていたのだけれど、高校に入ってから棒高跳びを始めて、みるみる頭角をあらわし、全米高校選手権で活躍するほどの選手になったのだという。来年の東京オリンピックに出る予定の選手とも知り合いだそうで、

「じゃ、リー・アンも将来オリンピックに出るの？」

と聞いたら、わりと気負いなく、

「パリ、かなあ」

と答えた。

ほんと？　めちゃくちゃワクワクする。

友達の娘がオリンピック選手になるかもしれないなんて！　友が遠方より来るというの

は、いつだって楽しいものである。

いつだって行きたい台湾
おいしいものと本があるから

東京・日本橋に「コレド室町テラス」という新しい商業施設がオープンした。ここの目玉になっているのが、「誠品生活日本橋」。台湾の最大手書店、「誠品書店」の日本進出一号店だ。

名前が「書店」ではなくて「生活」なのは、台湾でもこちらの書店は「生活」という名前でステーショナリーショップやカフェなどを併設した店舗を多数展開しているからだ。

じつは、九月の終わりに書店のオープニングイベントがあって、そこでたまたま新刊『夢見る帝国図書館』に関するトークをする機会があったので、オープン早々の活気あふれる「誠品生活」に、おじゃますることができたのだった。

日曜日の昼間ということもあって、「コレド室町テラス」は人、人、人でいっぱい。書店と同じフロアに、台湾のおいしいもの、すぐれもの、日本のいいもの、楽しいものを扱うショップが並び、お客さんたちは楽しそうにショッピングを満喫していた。とうぜんタピオカドリンクの店には行列が続く。台湾の老舗茶荘「王徳傳《ワンダーチュアン》」が出店していて、そこで冷たい烏龍茶というのをいただいた。ふんわりクリーミーな泡が立っていて、見た目はビールそっくりなのだが、淡くすっきり、そしてまろやかなお茶の味わいが、ホッとさせてくれる。

都心の商業施設がこれだけ賑《にぎ》わう姿というのも、なんだか久しぶりに見た気がして、それだけでもちょっとウキウキしてきた。広い書店にはたくさんの面陳台があって、表紙カバーがよく見えるように平積みされている書籍が多いことに気づく。書店員のオススメコーナーはしっかり存在感を放っているものの、日本の書店の名物となっている「ポップ」はなし。それが「誠品書店」らしさでもあるようだ。文学書、哲学書などから、雑誌やガイドブックまで、幅広いセレクション。このごろ、景気の悪い話しか聞かない業界で生きている身としては、久々に気分の上がるできごとだった。

台湾は大好きなので、もう何度も行っている。なにしろ近いし、ものはおいしいし、行くだけでのんびりした気持ちになる。もちろん、「誠品書店」にだって、何度も出かけた。

とくに「敦南店」は駅に直結していて、二十四時間営業なので、ついつい足を運ぶことになる。台湾行きは衝動的な一人旅だったことも多くて、そうなると、夜じゅう開いていて、好きな本を手に取って座り込み――そう、台湾の人たちは、書店の床にぺたんと腰を下ろしてその場で本を読む、独特の習慣があるのだ――、街と一体化できる本屋さんは、すごくありがたい場所なのだ。

こうやって、書いていると、また行きたくなってくる。担仔麺《タンツーメン》、小籠包、マンゴーたっぷりのかき氷などなどが、おいで、おいでと呼んでいるような気がする。まあ、新しい商業施設には、レストランやカフェもたくさん入っているから、台湾まで行かずとも楽しめるとも言えそうだけれど、やはりあの南国の空気を味わうには、飛行機に乗らなければならないだろう。

初めて台湾に行ったのは、まだ二十代だったころで、当時フランスに留学中だった姉が一時帰国する時期に合わせて、姉の留学生仲間でやはり台湾に一時帰国していた（たぶん、夏休みか何かだったんだろう）ポーリーヌという台湾人の女の子を訪ねて行ったのだった。ポーリーヌというのは、もちろん彼女の本当の名前ではないのだけれど、あちらの人はトニーとかアグネスとか、ヨーロッパ風の名前をあだ名のようにつけていることが多くて、彼女のことをわたしたちはポーリーヌとしか呼んだことがない。

ともかくポーリーヌは台湾でボウリング場を何軒か経営する実業家のお父さんを持っていて、わたしと姉は彼女の実家のご邸宅に泊めてもらったのだった。楽しかった。

実業家のお父さんは、なんだか親戚のおじさんみたいで、朝、目が合うとわたしたちはお互いに相手には通じない言葉でしか「おはようございます」が言えないのがもどかしい気がした。朝寝坊のポーリーヌのかわりにと、彼女のお父さんとお母さんが、わたしと姉を陽明山にハイキングに連れていってくれた。お父さんとお母さんは日本語を話す世代ではなかったが、夜には彼らより少し年上の、きれいな日本語を話すおじいさんたちが集まってくれた。日本から女の子（当時。念のため）が二人来たと聞いて、日本語世代のおじいさんたちが会いに来てくれたのだ。

あれから何度も旅行している。いつでもなんだかあたたかい気持ちになる。あれは何度目だっただろう。詩人で大学の先生という方に案内されて、台湾の茶館に行った。ゆっくりゆっくり、静かに流れる時間をいつくしむように、小さな器で何杯も何杯も飲むお茶。

台湾というと、お茶の時間のことを思う。時間をかけてお茶を楽しむ人たちのいるところだよなあと、思う。

何回か通ううち、作家の友達もできた。せっかく本屋さんのことを書いたのだから、台湾の小説のことも書いておこう。

いちばん最初にオススメする台湾文学は、『歩道橋の魔術師』（呉明益著　天野健太郎訳　白水社）だろう。台北にかつてあった市場「中華商場」を舞台に、少年時代の思い出がノスタルジックに、そして幻想的に描かれる、なんとも魅力的な短篇集。気に入ったら、同じ著者、訳者による『自転車泥棒』（文藝春秋）をどうぞ。歴史と幻想が渦巻く、そしてユーモアも忘れない巨編といえば、『鬼殺し』（甘耀明《カンヤオミン》著　白水紀子訳　白水社）。客家（独自の習俗・言語を持つ漢民族の一派）の怪力小僧が日本軍に入隊して……という奇想天外かつ骨太の長編小説。そしてSFが苦手じゃなかったら『グラウンド・ゼロ　台湾第四原発事故』（伊格言《エゴヤン》著　倉本知明訳　白水社）も強力プッシュ。

秋の夜長にぜひ台湾文学を。

文化が大切にされる街　トロント

カナダのトロントという街に来ているのは、こちらでは四十年の歴史を持つという、「トロント・インターナショナル・フェスティバル・オブ・オーサーズ」に招かれたからだ。

「作家祭」と、日本語にすると、なんだか変な感じだけれど、「作家に会ってみよう！」みたいなイベントが盛大に開かれる、年に一度のお祭り。もちろん、地元カナダの作家がいちばん多く、お隣のアメリカからもかなりやってくるが、ヨーロッパや中東、アフリカ、アジア、世界中から百人以上の作家が招待されているという。たまたま今年、そのラッキーな一人に当たったのがわたしというわけだが、毎年日本の作家も一人か二人は参加しているらしい。

わたしが招待された理由は、『小さいおうち』という本が英訳されたおかげなので、わたしというより、翻訳者さんががんばった結果、原著者が得したわけだ。今回は映画『小さいおうち』の上映会というのもやった。こちらも、わたしではなくて、山田洋次監督が撮られた作品なので、ほんとうは、山田監督がトークしたほうがいいに決まっているのだが、監督は寅さん五十作目である『男はつらいよ　お帰り　寅さん』の年末公開を控えてお忙しいのだし、まあ、このフェスティバルの名前は「作家祭」なんだし、わたしが出ていてもよいということにしよう。

わたしにとって最大の難関は、ユニオン駅という巨大な駅構内で英語のエッセイを朗読するというイベントで、これが東京駅だったらと思うと冷や汗が出るけど、まあ、なんというか、旅の恥はかき捨て。エッセイの内容も「旅にトラブルはつきもの」。

ところで、トロントというのがどういう街か、じつはあまりよく知らなかった（ごめんなさい、トロント！）。とてもざっくり言うと、ここはかの有名なナイアガラの滝を挟んで、アメリカ、ニューヨーク州の反対側にある。飛行機で一時間の距離だそうだ。カナダ最大の都市でもあり、ビジネスや金融、出版や報道機関の中心地だ。

地元の人の説明によると、トロントには「北ハリウッド」というあだ名がついていて、多くのハリウッド映画（しかもニューヨークだったり、ボストンが舞台だったりする）が、トロントで撮影されているんだそうだ。アメリカで撮るより制作費は安いし、なにより安全だし。

最近の映画では、『JOKER』のある場面が、ヤング＝ダンダス・スクエアという、トロントのタイムズスクエアみたいなところで撮影されているそう。なるほど。安全な街なのに、ゴッサムシティにも変身したわけだ。

でも、ちょっと考えてみると、「作家祭」と「北ハリウッド」からは、共通項が見えてくる。

トロントに来て感慨深かったのは、この街では、そしてカナダでは、文化がとても大事にされていること。「作家祭」以外にも、フィルムフェスティバル、コミックフェスティバル、ミュージックフェスティバル（パンアメリカンフード＆ミュージックフェスティバルという、アメリカ大陸の食と音楽のお祭りもあるらしい。なんだかものすごく楽しそうではないですか！）など、しょっちゅう文化イベントが開催されていて、しかも無料のものが多い。「作家祭」でも、目玉は「無料で本がもらえる」という企画だった。

アイスホッケーやサッカーなどスポーツも盛んで、驚くべきことに、帰宅ラッシュアワーが四時から七時。みんな仕事はきっちり日中に終えて、夜は楽しむ時間をしっかり取ることにしているらしいのだ。

アイスホッケーやサッカーなら、チケットも売れるし人もおおぜい入るけれど、これが無料の「作家祭」となると、そんなに大きなビジネスが動くとは思えない。本が好きな人、文化を楽しむ気持ちのある人が、街の中心のカルチャースポットや大学のキャンパスに出向いて、楽しそうに話を聞く。地元の企業や、トロント市も積極的に後援している。するといつのまにかカルチャーを応援する街という評判が出来上がって、カルチャービジネスがこのトロントで盛んに行われるようになる。

文化に理解のある街だから、「北ハリウッド」でもありうるんだろう。カナダは移民の国で、それこそ世界中から人が移り住んでくる。だから、よその国の文化を受け入れる土壌もあるということなのかもしれない。こちらで出会ったエストニアの作家が、トロントには二万人のエストニア系カナダ人がいるのだと教えてくれた。日系カナダ人の人口は、一万五千人。多様な文化を受け入れて、大事にすることが、カナダの文化になっているのだろう。

人生に一度は経験しろと、地元の人みんなに言われて行ったナイアガラツアーは圧巻で、水煙の中にボートが入っていったときはずぶ濡《ぬ》れになったが、こういうときって人は笑ったり歓声を上げたりするのね。

小粒の牡蠣《かき》、柔らかくて肉厚のスモークサーモン、シンプルで繊細な味のローストビーフがおいしかった。寒い地方の名産、糖度の高いアイスワインをお土産にして、メープルリーフの美しいトロントをあとにしたのだった。

ロシアの空港で出会った めちゃくちゃ体にいいお茶

風邪の季節ですが、みなさまいかがお過ごしでしょうか？

年々、免疫力が落ちていくので、風邪対策には敏感にならざるをえない。わたしの場合、風邪は必ず喉《のど》からやってくるので、この季節、喉の乾燥には神経を尖《とが》らせます。

二年ほど前だったか、整備不良で飛行機が飛ばず、ヨーロッパの空港で右往左往したことがあった。長い長い列に並ばされ、窓口業務をする人に窮状を訴えて、別の飛行機に乗れるように交渉する。一夜をそこで明かすならホテルを手配するとかなんとか言われるのだが、東京で仕事が待っているからどうしても今夜飛ぶ便に乗せてくれと粘って、日付が変わるころに発《た》つ、モスクワ経由のアエロフロートに席を確保してもらった。

慣れない言葉で声を張り上げて訴えたのもよくなかったのか、頭にだけ血が上っていて体が冷えていたのか、疲れが出たのか、飛行機の中が寒かったのか、たぶん、その全部だったのだろう。モスクワ空港に着いたときは、喉の上のほうがヒリヒリ、イガイガしてきて、ああ、これはマズい、ぜったいに風邪引く、という状態になった。悪寒も少しあるということは、熱が出るのかもしれないと思わせる。

あいにく、もう帰国するだけと思っていたので、持参した常備薬も預け入れのトランクに入れたまま。だめだ、こりゃもう、ぜったい引くわ。せめてあったかいものでも飲もう……。

そう思って、マトリョーシカを売るお土産屋を通り過ぎ、空港のカフェに入ってメニューを見ると、なにやらすごくよさそうなものが写真入りで載っている。もちろん、ロシア語はまったくわからないわけだけど、小さく付された英語には、ブラックティー・ウィズ・シナモン、ジンジャー、ハニー、レモン、スターアニスと書いてあり、写真にはガラス製の大きなマグカップの中に、ドーンと一本シナモンスティック、たしか八角が二つくらい、レモンスライスも二切れ入って、きれいな飴色の液体が、グラスの上部をうっすら曇らせていた。

なにこれ、いま、わたしに必要なものが全部入ってる！　すかさず注文しましたよ、しかもおかわりまで！

飲むなり体がほかほかと温まってきて、喉の痛みも和らいできた。ロシアの空港、ありがとう！　さすがは寒い国。いつだって、風邪対策は万全てことなのか！

ほんとうにうれしかった、あのとき。

喉がうっすら痛くなったときはマヌカハニーを舐《な》める。ちょっぴり悪寒がしたときは、お湯で割って飲む栄養ドリンクか、葛根湯を飲んで体を温め、一気に汗をかいてウイルスを外に出してしまう。以上が基本的方針なのだが、いつもの手が使えないわたしに、ロシアのお茶は効果抜群で、モスクワ—羽田間は毛布をぐるぐる巻きにして眠って過ごし、日本に着いたら、ほぼ健康状態を取り戻していたのだった。

定期的に通う鍼治療に行って、その話をしたところ、

「それは完ぺきな飲み物ですよ！」

と、鍼の先生も太鼓判を押してくれました。

以来、うちには八角とシナモンスティックが常備してある。

なにしろ喉が弱いので、この季節、巻きものは欠かせないけれど、いざ痛くなってし

まったとき、頼っているのは民間療法だったりする。

もちろん、ロシア発のすばらしいお茶も活躍するが、細かく切った大根をはちみつに漬けておいて、上澄みを飲む、というのも時々やる。最近はそれ以前の段階で撃退するようにしているけど、喉の痛みが本格化したときは、これを飲むとほんとに楽になる。

風邪の民間療法といえば、香港の友達が強力推薦してくれたのは、

「ホットコーラにジンジャーを入れて飲む」

だった。

香港から一家で遊びに来た友達を出迎えたわたしが、鼻をズルズルさせていたのを見た、中学一年生の男の子が、ぜったいに効くから帰ったら飲めと言うので飲んでみた。

悪くない。案外、おいしい。

それを、共通の知人であるクロアチア人の友達にメールしたら、

「コーラは子ども用だ。ラムにジンジャーを入れるんだよ」

と返事が来た。

こっちはまだやってないけど、効きそう。

ネット情報で見つけたのだが、「シナモンとはちみつ」は万能薬で、なんにでも効くそうだ。心臓病にも関節炎にもと書かれると、ほんとかなとちょっと疑いたくなるけれど、逆に嘘でも信じたくなったのは、「コレステロール値を下げる」。ほんと？　甘いのに？　夢みたい。

ともあれ、夜は、喉の乾燥対策と、コレステロール対策をちょっと期待しつつ、六〇度くらいのお湯にマヌカハニーをたらし、シナモンパウダーを振り入れて飲んで寝ることにしている。そして、ネックウォーマーを首に巻き、マスクをし、加湿器をセットして快眠。なにが効いているのかわからないけど、これで深刻な風邪は引かずに済んでます。みなさまもお大事に。

ちょっと懐かしい八〇年代カルチャーを思い出す

年明けにネットで見つけて、

「あ、なんだか、いいな、これ」

と思ったものがある。

そごう・西武の広告で、空色のバックにぽつんと小さく力士が立っている。そして、大きな文字で、

「さ、ひっくり返そう。」

と、書いてあるやつ。

「大逆転は、起こりうる。」から始まって、「土俵際、もはや絶体絶命。」で終わる、十一行の文章を読んでいくと、なにやらほんとに追い詰められる気持ちになる。奇跡なんか起こらないし、弱い者は強い者に負けるだけ、と思えてくる。けれど、小さな色違いの文字で書かれるインストラクション通りに、文章を逆からたどっていくと、「土俵際」で始

まった文章が「大逆転」で終わるのだ。

「さ、ひっくり返そう。」

という、太文字のコピーの謎が解ける。一連の、読む、という作業を終えると、すっかり気持ちがポジティブになっていた。

二〇一〇年代は、いいことばかりではなかった。なにより、自然災害がとても多かったし、海外ではテロも続いた。世界中に難民が流出したのと機を一にして、世界中で息苦しいナショナリズムが強まってきた。ちょっと閉塞した感じ、やり場のない無力感みたいなものに、とらわれやすい空気があった気がする。

そんな空気をふわっと「ひっくり返す」コピーの力に、お正月そうそう、なんだか勇気づけられてしまった。モデルのお相撲さんは「幕内最小の力士」の炎鵬《えんほう》関で、ちっちゃ「わたしは、私。」とも書いてある。ひっくり返すのは、「私」のやり方で。つまり、大きい人が勝つとか、こういうタイプは負けるとか、決まったものはないよ、自分らしくやればいいんだよ、というシンプルなメッセージがあって、それも、画一的なものを押しつけられる息苦しさから、ラクにしてくれる。「多様性」なんていう言葉を使わないでも伝わってくる。人はみんな、そのまんまでいいし、自分の良さを最大限生かすのがいいのだ。しかも、それで「大逆転」さえ狙えるんだという発想は、とても痛快だった。

それにちょっと、懐かしくもあったのである。

コピーじたいはとても新鮮で、二〇二〇年のコピー以外の何物でもない。けれど、八〇年代に青年時代を過ごした人間にとって、広告コピーは時代を象徴する特別なものという感覚がある。

糸井重里さんや仲畑貴志さん、川崎徹さん、林真理子さんといったコピーライターが才能を全開させていたころで、街中に張り出される大きなポスターには、ドキドキさせられたものだ。そういう感覚が、このとこ、あまりなかった。だからこの、「さ、ひっくり返そう。」には久々に、広告表現の力と楽しさを思い出させてもらった気がしたのだった。

そういえば年末には「クリスマス・エクスプレス」を解説するブログが、すごい勢いでSNSでシェアされていたから、見た方もあるかもしれない。あの、何年か連続で作られた恋愛ストーリー仕立てのJR東海テレビCMだ。若い、めちゃくちゃかわいい牧瀬里穂が、深津絵里が、山下達郎の「クリスマス・イブ」をバックに、ういういしい恋のヒロインを演じていた。

あ、懐かしいなと思い、いろいろ、いまとなると照れくさいこと、恥ずかしいことをいっぱいやった若かりしころを思い出したりした人も多いはず。いずれにしても、広告に力があって、みんながそれを楽しんでいた時代があったなあと、感慨深い。

しばらく前から、昭和をノスタルジックに語る、みたいなことは続いていて、そうしたときに語られるのは、一九五〇年代とか六〇年代とかの、高度成長期の話が多い。映画『ALWAYS 三丁目の夕日』みたいに、東京タワーが建っていって、みんなまだ貧しかったけど、未来は明るくて、家族も友達も助け合っていて、みたいな。あるいは、東京オリンピックがあって、日本がどんどん元気になっていく、みたいな。今年、東京で開かれるオリンピックも「夢よ、もう一度」的なノスタルジーがあるような気がする。

それに比べて、わりとバカにされているのが、八〇年代後半とか九〇年代初めごろまでの、いわゆる「バブル」の時代。あぶく銭で遊び回っていたイメージがあり、テレビの回顧番組では必ず、ジュリアナで扇子を振り回して踊っているスカートの短い女の子の映像が。

もちろん、ちょっとバカみたいなところもあった時代だった。そして、妙なあぶく銭があったなら、そのときにもう少し使い方を考えておけば、のちに苦労しなかったのではと思えるような、間違った方向もいろいろあった時代ではないかと思う。

でも一方で、文化にお金が回された時代でもあったことを、やはり懐かしく思い出す。広告が、ただ耳目を引き、何かを売りつけるための方便ではなく、時代の空気をつかみ、動かす鮮烈なアートとして機能し、文化というものが、それが役に立つのかとか、公益にかなうのかなんていうことを問われずに、のびやかに、元気に、時代の先端を走っていた時代があった。

年明けに、気分のアップする広告を見て、そんなことを思い出したのだった。

手前味噌に学ぶ孤高の哲学

「一月往《い》に、二月逃げ、三月去り」

という言葉を教えてくれたのは、わたしが四歳のときに他界した父方の祖母だった。

年が明けると、あっという間に時間が経《た》つ、という意味なのだろう。子どものころは「いに」というのがちょっとよくわからなかったが、「いなくなる」というような意味だろうと推測していた。あながち間違いではないと思うけど、この原稿を書くために「いぬ・古語」と検索して、「往ぬ」という字を見つけ、ああ、そうだよ、「往く」って意味だよと、あらためて納得している。

そして、一月はとうに「往」き、二月もあっという間に「逃げ」るだろう。でも、ともかくこの寒い時期に、やっておかなきゃならないことがある。

味噌の仕込みだ。

手前味噌を作るのは、今年で三回目だ。母が作っていたので、真似してやってみたのが最初だった。母は、昭和一桁生まれのおばあちゃんだから、案外、いろんなことをやる。味噌を作ったり、梅干しを漬けたり、梅酒を作ったりといったこと。

最近になってふと、たとえば母がいなくなったら、お手製の梅干しとか手前味噌みたいなものがなくなるのだな、そうなると、自分で作るしかないのだな、と気づいたのだった。もちろん、市販のとてもおいしいものがたくさんあるから、無理やり作る必要もないけど。自分で作るといっても、母も母なりに手抜きをしていて、昔は自分でやったけれど、このごろは大豆を煮るのが面倒なので、煮大豆と麹《こうじ》と塩をセットにした生協の「味噌作りキット」を買っているという。煮大豆を好みの口当たりになるまでつぶして、塩、麹《こうじ》と混ぜればいいだけなら、わたしにもできそうだと思って、やってみたのが三年前のこと。出来上がりが心配で、誰にも「仕込んだ」とは言わなかったのだが、まことにおいしく出来上がった。

味噌は、勝手に熟成する。

空気が入って黴《かび》が生えてしまうことにだけ注意すれば、基本ほったらかしでできるから、ズボラなわたしには向いていた。食べるのが好きだから、ぬか漬けを作っていたこともあるのだけれど、ぬかは過保護なくらい手をかけてあげないといけないので、つい、かまうのを忘れたために、結局ダメにしてしまった。あれ以来、やはり手作り云々《うんぬん》は向かないのかもと思っていたが味噌ならやれそう。くいしんぼ魂はむくむくと頭をもたげるのである。

味噌は野生児、俺のことはほっといてくれという感じ。台所の隅の、比較的暗く、寒いところに、梅雨明けの天地返し（仕込み中の味噌をいったん取り出し、容器の上半分と下半分にある味噌の位置を入れ替えることで、全体の発酵を均一にし、熟成を進ませる方法）のときまで、ホーロー容器の蓋を開けすらしなくていい。個人で仕込む二、三キロ程度の味噌なら、天地返しなんて必要ないという人もいる。それなら、食べるときが開けるときというわけだ。

そんなにも、かまわずに置いておくだけなのに、手前味噌はおいしい。去年と一昨年では味が違うのだけれど、でもまあ、うまい。深みがあって、滋味がある。出来上がりを見る喜びもあるから、やっぱり今年も、と思う。

こんなことを書き連ねていると、人は、わたしのことを「ていねいな暮らし」を実践しているのね、などと誤解してくれるかもしれないなと考えてみる。ふふん。

せっかくだから、誤解を解かずにおいてもいいのだが、うっかりどこかでわたしのとっちらかった暮らしぶりが人さまにばれると恥をかくことになるのではないかと心配だ。

世の中には「ていねいな暮らしが好き」な人と、「ていねいな暮らしが嫌い」な人がいるらしい。インターネットで「ていねいな暮らし」で検索すると、それを実践している人々のインスタグラムの投稿といっしょに、「ていねいな暮らし・嫌い」という、アンチの人の声が両方出てくる。なんだか、おかしい。

「素材にこだわり、手間ひまかけて、手作りを実践し、家族を笑顔にする。そんなわたしを見て見て」みたいなのが「ていねいな暮らし」で、「こちとら忙しいんだ。そんなことやってられっかよ。けっ、自慢しやがって」というのがアンチのようである。

どちらの気持ちもわかるけど、それは「自慢したい」と「自慢するな」の闘いであって、どうでもよかろうという気もしないでもない。

わたしの場合、わが家はとっちらかったまま、味噌だけが自前。自慢したくとも、ていねいっぽい容器とか、それをさりげなく置くおしゃれなテーブルとか、真っ白なリネンとかをそろえて撮影して見せなきゃならんとなると、うちじゃあ、ダメだとなるんですね。

自慢されようがされまいが、粛々と自ら発酵、熟成していく味噌は、どこか哲学的ですらある。手をかけられることを拒む孤高の態度からも、学ぶのは「ていねい」云々じゃなくて、「人がどう言おうとわが道を行く」という態度じゃなかろうか。

そんなことを思いながら、すっかり熟成した去年の味噌をきゅうりにつけて食べてみる。

早くなっている桜の開花について

小石川後楽園に梅を観に出かけた。

われながら、渋い行楽とは思うけれども、季節を味わえるし、なにより戸外のアクティビティだから、ウイルスがどうの、接触距離がどうのという、余計なことを考えなくて済む。

園内はそこそこの人出だったが、息苦しいほどではない。きれいに晴れた冬日和に、白い梅の花が浮かぶように咲くのを見ているうちに、気持ちもすっと和んでくる。

仕事柄、家にいてパソコンをにらんでいる時間がとても多いわけで、執筆に励んでいる、調べものをしている、というのならまだいいけれど、ついインターネットでいらない情報をチェックしてしまったりする。そうすると、なんだか胸の中にもやもやした澱《おり》のようなものが溜《た》まるというか、淀《よど》むというか、不健全な感じの心の状態が出来上がってくるので、これには外に出て、深呼吸して、胸の中の空気をすっかり入れ替えてやらなくちゃならない。

梅はもちろん、そろそろ終わりで、今年は桜が早いらしい。このエッセイをみなさんが読むころには、もう咲いているかも。わたしの誕生日は三月で、春分の日のあとなのだが、例年、自分の誕生日に桜が咲くかどうかが、「今年は早い」「今年は遅い」を判断する基準になる。

春分の日に、東京で桜が開花したというのは、わが半世紀を超える人生の中で、二〇〇二年三月二十一日、一度しかない。次に早かったのは、二〇一三年三月二十二日の開花だ。この二度だけが、自分の誕生日より前に桜が咲いていた年になる。

わたしと同世代、もしくは少し先輩の、わりあいと長く生きておられる読者なら、

「最近、桜の開花、早くない？」

という感覚をお持ちではないだろうか。

桜というのは、なんとなく入学式のころにきれいに咲いているものだと、わたしと同世代の方は思っていませんかしら。少し早く咲いたから、入学式なのに散り始めちゃったよ

とかいうことはあったにしても。

ちなみに、東京のデータだけれども、二〇一〇年代（二〇一一年～二〇二〇年）では、三月中に開花した年が六回（おそらく今年も咲くだろうから七回になりそう）。その前の二〇〇〇年代（二〇〇一年～二〇一〇年）も六回、一九九〇年代、八〇年代、七〇年代がそれぞれ二回、そしてわたしが誕生した六〇年代となると、三月の開花はゼロなのである。

しかも、だ。九〇年代までの三月開花は、ほとんどが三月三十日と三十一日。一九九〇年に例外的に三月二十六日の開花を記録しているだけだった。それが二〇〇〇年代になると、二十一日とか二十二日とか二十四日とか、とにかく二十日台の開花が増える。

むろん、このデータは、東京のものではあるのだが、東京だけ突出して開花が早くなったわけではなく、全国的に早まっていると見ていいだろう。たとえば札幌の開花日も、二〇〇〇年代に入るまでは、四月に咲いてしまうおっちょこちょいの桜はなかったのである。

きっとこれを読みながら、「おっちょこちょいは誰だよ！　桜が悪いんじゃない。地球温暖化の影響だよ！」と、喝破《かっぱ》された方もとうぜんいらっしゃるはず。

そうなのだ。

「今年は暖冬ですねえ」

などと、お気楽な挨拶《あいさつ》を交わしているうちにも、気候変動はどんどん進んでいるのだ。

なんでも、日本列島の北のほうは、これからも桜の開花が早まるけれども、南のほうでは温暖化の影響で開花が遅れる傾向があり、ところによっては満開にならずに終わってしまったりするのだという。

桜の花芽の成長のためには、低い気温で準備して、暖かくなったのを機にポッと花開く「休眠打破」というものが必要なのだそうで、暖冬だと、この「休眠打破」がうまくいかず、桜もいつ咲いていいのか迷ってしまい、ダラダラ咲いて、満開にならずに終わるということがあるのだそうだ。

この情報は、二年ほど前のネット情報「ウェザーニュース」というもので見つけたのだが、それによれば、二一〇〇年の春は、あの、南から北上してくるおなじみの「桜前線」というやつが見られず、全国一斉にドバッと咲いてしまう現象が見られそうだという。

風情がないような、観てみたいような、不思議な未来予想図だ。

そんなふうに考えだすと、梅見も桃見も桜の花見も、のどかに楽しんでばかりいられなくなってしまう。野生動物五億体を焼死させたという、オーストラリアの森林火災の記憶が、まだ生々しく残っているせいもある。地球が、かつてとは大きくその姿を変えつつあることの、はっきりした証拠が、毎日わたしたちが体感する、この「温度」なのだと知ると、にわかに怖くなってくる。

とはいえ、いますぐわたしたちに何ができるって話でもないのだけれど、花を愛《め》でて、風の冷たさや暖かさを感じる幸せを味わうときには、同時に地球の未来に思いを馳《は》せる。そういう時代に、わたしたちは生きているということなのだろう。

2020.6 ~ 2021.5

第3章
奈良公園の鹿、タイのジュゴン

漢詩のつなぐ縁
音楽が運ぶ希望

世界中をウイルスが席捲《せっけん》しているときに、その話題から離れるのは、なかなか難しい。とくに、この原稿を書いているいまは、ちょうど、「各世帯にマスクを2枚配ります」という政府の方針が発表されたあとなので、ものすごい脱力感と、「こんな国にいてだいじょうぶなのかな」という不安感が渦巻いています。

でもまあ、このエッセイは、できれば楽しいことを書きたいので、新型コロナウイルスの悪い面、酷《ひど》い面、残酷な面にはちょっとだけ目をつぶり、その中で見つけたポジティブなことを考えてみる。

新型コロナ関係のニュースで「心温まる」と最初に感じたのは、じつはもう、遠い昔のように感じられるけれど、武漢が封鎖されてたいへんなことになっていた二月、中国語の検定試験を行っている団体が湖北省に送った大量のマスクの段ボール箱に、漢詩が書いてあったというものだった。

「山川異域、風月同天」

というのがそれで、古くは奈良時代に、長屋王《ながやおう》が唐に一千枚の袈裟《けさ》を送り、鑑真和上に来日を請うたときにつけた漢詩だそうだ。文字通り、国は違っても吹く風や見る月は同じです、という意味だろう。ともに、仏様のご縁を結びましょうと続く漢詩に感激したために、鑑真和上はたいへんな思いをして日本に渡ってきてくれたのだそうだ。

このニュースのあと、何千枚ものマスクが、さまざまな漢詩つきで海を渡った。漢詩のやりとりができるのは、いま、世界中で日中間だけじゃないだろうか。

ところで、先日、北九州市に大連からお返しに送られてきた大量のマスクには、こう日本語で書いてあったという。

「春雨や身をすり寄せて一つ傘」

というもの。これは、夏目漱石の俳句だそうだ。

じつは、親友の正岡子規が、

「人に貸して我に傘なし春の雨」

と詠んだ俳句への返歌、という説もあり、それはどうやら俗説のようだが、そんな背景もよく知っている人が、選んでいるのだろう。そのやさしい気持ちと、教養の深さに、驚かされるとともに、胸が熱くなった。

コロナ禍は、あっという間に世界に広まった。これが、ウイルスというものの怖いところだ。

次にその猛威の犠牲になったのはヨーロッパだった。でも、そこでも、感動する場面を見せられた。

外出禁止令が出たイタリアで、集合住宅に住む人々がみんなバルコニーに出て、それぞれ楽器を演奏したり、歌ったり、歌に合わせて踊ったりする映像が、インターネットで流れてきた。イタリアの人は、ほんとうに音楽が好きなんだなあと感心した。オペラのアリアを熱唱できる人が、集合住宅に一人は住んでいるみたいに見える。誰かが歌いだすと、いっしょに歌いだす。ここにも、教養というものを感じた。教養っていうのは、難しい本を眉間にしわを寄せて読むようなことではなくて、身についている文化とか、芸術への理解とかいったもののことで、小さな子どもがオペラのアリアに体を揺らして反応しているのを見ると、ああ、こうやってイタリア人は育っているんだな、空気のように音楽をまとっているんだなと感じさせられる。

インターネットが普及していて、ほんとによかったと思った。これがなかったら、ウイルスによる生活の制限は、もっとずっと耐え難いものだっただろう。

わたしが観たもので、好きなのは、たとえば新日本フィルハーモニー交響楽団のテレワーク部による「パプリカ」の演奏。在宅勤務やテレワークは話題になっているけれど、ふだんは舞台で演奏しているプロの音楽家が、本気出してテレワークし、ユーチューブに公開したもの。それぞれ、家でリラックスした雰囲気で楽器を持った奏者たちが、ビデオカメラの前で一斉に曲を奏でる。中には、お子さんがまとわりついているお父さん演奏家などもいて、すごくほほえましくて素敵だった。

この試みは、日本だけのものではないようで、フランスでも、休業中のクラシック奏者たち50人がリモートで演奏する「ボレロ」が公開された。こちらもとてもよかった。

世界中で、ミュージシャンやダンサーや、パフォーマーが、自分の映像を公開している。美術館もサイトを無料で閲覧させているし、電子書籍を無料で読めるようにしている出版社などもある。無料、無料と書くと、それがポイントみたいに見えてしまうけれど、そうではない。こうした、深刻な疫禍《えきか》が蔓延《まんえん》しているときほど、人間には文化が必要なんだということだ。

志村けんさんが亡くなって、みんなが悲しいのも、わたしたちがいまほど「笑い」を必要としているときはないから、というところもあると思う。

コロナ旋風の中、それでも世界中は、インターネットでつながり、励まし合っている。ネットだけではなくて、アートだけではなくて、当たり前だけれど医療の最前線で、情報を共有し合って、ワクチンを開発したり、人工呼吸器を量産したりして、みんなでコロナと闘っている。それを知ることは、この災難のさなか、勇気づけられることである。

マスクあれこれ

少し前まで、街のあちこちに不織布マスクが落ちていた。風で飛ばされたり、外してポケットに入れようとして落ちたり、めんどくさくてポイ捨てしたり、いろんな理由があったに違いないが、あまり美しい光景ではなかった。

しばらくして、それは見当たらなくなった。マナーが向上したのではなくて、マスクが手に入らなくなったせいだ。手持ちのものも尽きたのか、手作りマスクをした人が増え始めたのは、四月の頭くらいだったか。

テレビを見ていると、いろいろな人がいろいろなマスクをつけているのに気づく。安倍首相だけは、頑固に自分の発注した布マスク（通称・給食マスク／アベノマスク）をしているが、政治家たちも手作り（あるいは手作り風？）のものをつけるようになった。

いちばん人目を引くのは、東京都の小池百合子知事のマスクかもしれない。「ご近所の方の手作り」だそうで、支持者との強いつながりもアピール。柄は、小花やハートなどかわいらしいものが多く、フォロワーが同じ布地を買い求めたりしているらしい。

　わたしが楽しみにしているのは、沖縄の玉城デニー知事のマスク。作っているのは、デニーさんのお連れ合い、たまに娘さんがセンスのいい布地を提供しているらしい。カラス天狗《てんぐ》風の立体マスクのときもあれば、プリーツのあるタイプのときもあり、布地もいろいろ。玉城知事がモデル並みの風貌であることもあってか、とてもかっこいいマスク姿だ。家族愛も伝わってきて、ＰＲ効果も抜群では。

　最初にファッションブランドがマスク製造に乗り出したというニュースを見たのも四月の初めのことで、フランスで、ディオール社が独自のマスクを作っているというものだった。

　へえ、それはびっくり。と思ったのも、つかの間、シャネル、グッチ、プラダが、それぞれ防護服とマスクの製造を始め、アルマーニも防護服の生産をスタート。ブルガリは香水の工場を使って、消毒ジェルの製造を始めたという記事が出た。

　この海外の話題は、一般向けというより医療従事者用のマスクなのかなという感じ。日本では、シャープやアイリスオーヤマがマスクを大量に製造し始めて話題になった。

日本のファッションブランドは、不織布マスクではなく、それぞれの個性を生かした商品を作っているようだ。中でもヨウジヤマモトのシカ革製マスク八千八百円は注目されたけれど、いまのところ、つけている人を見ていません。というか、外に出ていないので、見ないのもとうぜんだけど。KEITA MARUYAMAのマスクは、すごくカラフルでおしゃれ。過去のコレクションのアーカイブから、プリント素材の端切れを使って作ったのだという。これはもう、帽子とかスカーフのような、新しいファッションの提案に感じられる。

いま、たとえばネットで「ファッションブランド」「マスク」と検索すると、すごい数が出てくるし、繊維業界、アパレルメーカーは、いろいろ工夫して、抗菌マスクを作っていたりするので、もう、市場の不織布マスクの不足は、それほど深刻ではないのではと思ったりする。つまり、不織布マスクは医療関係、介護関係など、ぜったいになくては困るところに回して、一般の人は、自分の気に入った布製マスクを買うなり、作るなりして洗って使うようになるのかなあと。そんなに高くない布マスクも出ているから、コスト的には不織布マスクを買うよりリーズナブルなのではないだろうか。

とはいっても、案外、かっこよくて機能的な布マスクは売り切れで入荷待ちだったりするし、家にいる時間は多いし、わたしも作ってみましたよ、布マスク。かっこよさは二の次になるけれど、気に入っていたけれどもう着なくなったTシャツなどを素材にして作ると、第二の人生をTシャツに与えたような気がして、なかなか楽しい。

わたしが作ったのは、ネットでフリー型紙がダウンロードできる、立体マスクとやら。ちょうどコーヒーフィルターみたいな形に表地用と裏地用の布を二枚ずつ裁断し、それぞれコーヒーフィルターだと口の部分に当たる、丸みのある部分を縫い付けて、立体感を出した表地と裏地を縫い合わせるというもの。

うちにはミシンがないので、チクチク手縫い。いちばんやっかいなのは、針に糸を通す作業だが、じつは近眼なので、眼鏡さえ外せば、わりとラクにできた。並縫いとまつり縫いでなんとかなるので、そんなに時間はかからない。縫い目はお世辞にもきれいとはいえないけれど、そんなとこ、誰にも見せるわけじゃなし。

意外に、楽しい。

裁縫は苦手で、中学や高校の家庭科の時間はかなり苦痛だった覚えがあるのだが、これは、なんというか、裁縫というほどのレベルのものじゃないからだろう。それでも、けっこう実用的で、一つ作ると達成感がある。

次はどんな布で作ろうかなとか、表地の左右を別の布というのも楽しいかもとか。

新型コロナはいろんな意味でライフスタイルを変えると思うけど、五十代後半でマスク作りに目覚めるとは思いませんでした。

ロックダウンの日々
動物たちは？

緊急事態宣言があけて、少しずつ日常が戻ってくるらしい。とはいっても、もはや何が「日常」で、何を「戻」すべきなのか、ちょっと考えてしまうところもある。もちろん、いつまでもロックダウン（日本では「外出自粛要請」だけれども）しているわけにはいかないけれど、この奇妙な蟄居《ちっきょ》生活は、見えなかったものをいろいろ見せてくれた日々でもあった。

人が以前と同じように活動を始めると、のびのびしていた動物たちはどうなるのだろう？　ロックダウンの日々の中で、印象的だったのは、動物たちだった。

満開の桜の下、人のまったくいない奈良公園で、のんびりと草を食《は》んだり、まったり座り込んで午睡を楽しんだりする鹿の写真と映像は、ほんとうに幻想的で美しかった。

鹿たちは、人間がいないので「鹿せんべい」がもらえず、おなかがすいてしまったという話もあったが、一方でダイエットにもなり、健康になったとも聞いた。

あの、桜の下の鹿たちは、人が自由に外に出られるようになれば、もうぜったいに見られなくなる姿なんだろうか。人間と動物の数のバランスみたいなものは、このままでいいんだろうかと、つい考えてしまった。

沖縄にジュゴンが戻ったという話にも、快哉《かいさい》を叫びたくなった。

沖縄県の名護市、辺野古では大規模な米軍基地建設が行われていた。絶滅危惧種のジュゴンは美しい大浦湾に暮らしていたけれど、辺野古で工事が始まってから姿が見えなくなっていたという。絶滅してしまったのではないかという噂も流れた。

でも、護岸工事をしていた海の底の地盤がマヨネーズみたいな軟弱なもので、工事が進められなくなり、三月の末くらいにストップした。そうしたらなんと、ジュゴンは戻ってきたのだという。辺野古でジュゴンの啼《な》き声が、何度も確認されているというのだ。

ジュゴンは国際保護動物で、世界的に見ても貴重な生き物だが、ロックダウンの日々はジュゴンにとってはすばらしい世界だったらしい。なんと、タイの南部の沖合では、三十頭からのジュゴンの大群が確認されたのだそうだ。インターネット上に映像があるのだが、わーっと湧き出てきたように群れを成して泳ぐジュゴンには息をのまされる。

大群！

同じくタイの海岸では、オサガメが記録的な数の卵を産みつけたというし、つくづく人間の活動は野生動物には邪魔なのかもしれないと思わされた。

ただ、観光業が主な収入源だったそのタイの街は、ロックダウンのせいで壊滅的な打撃をこうむったというから、ジュゴンやカメのためにもろ手を挙げて万歳というわけにはいかないけれど。

ほかにも、イギリスの街をヤギが占拠していたり、フランスの街の石畳を鴨が群れを成してお散歩したり、ハーバード大学が七面鳥の遊び場になったりと、地球はちょっとだけ動物天国になった。

動物関連のニュースの中でも、すごくおかしかったのは、すみだ水族館が呼び掛けた「ときどき、ウェブカメラで顔を見せてください」という話。水族館で飼っているチンアナゴが、飼育員が近寄ると砂に潜って隠れてしまうようになったのだそうだ。三月の初めから閉館にしているので、彼らは人の存在を忘れてきてしまって、もともと繊細で臆病な性格のため、飼育員を怖がるようになってしまったらしい。でも、姿を見せてくれないと健康チェックができない。こまった水族館は、人々に、「人間を忘れてしまわないように、ときどき、ウェブカメラに映って、チンアナゴに顔を見せてください」と呼び掛けた。

効果のほどは、どうだったんだろう？

ところで、この緊急事態宣言下の東京で、わたしの家にも野生動物が闖入《ちんにゅう》した。

青大将だ。

そんなの、慣れていて驚くにはあたりません、という読者もいらっしゃるかもしれないけれど。じっさい、ここは東京の比較的中心に近い場所だが、住宅街なので木や土も多いし、蛇がいてもおかしくはない。そしてうちは三階建ての低層マンションで、タワーマンションではない。とはいえ、マンションの廊下を悠然と彼奴《あいつ》が這《は》っていたのを見たときは驚いた。

隣の家のちょうどドアのところにぴたっと張りついたのも怖かったし、そろりそろりと壁を這い上って、天井に首を近づけてゆらゆらしていたときも恐ろしかった。あんな、忍者みたいに壁や天井に音もなく張りつくとは！

わが家とお向かいのご夫婦とで、ワーキャー言いながら園芸用の支柱にからませ、近所の草地に捨てに行った。その後、見かけていない。

彼奴はいったい何をしに来たんだろう。

人が出てこないのに安心して冒険に出たのか。あるいは、意外に、人恋しくなって探しにあらわれたのか。

蛇にしょっちゅう出くわしたくはないけれど、コロナ禍後、人間と動物の関係がどう変化するのかには、ちょっと興味がある。

なんちゃって世界料理で旅気分に浸る

今年に入ってから、旅行というものをしていない。新型コロナウイルスのせいで、旅行どころか、近所のスーパーに行くのもおっかなびっくりの日々を送っていたのだから、それは当たり前で驚くには値しないのだけれど。

家で書き物をしているばかりだと煮詰まってくるから、たまに、えいやッと旅をするのが気分転換にはもってこいで、たまたま仕事での出張もここ何年かは続いていたから、この連載でもしょっちゅう旅行ネタを上げていた。

もともとがひきこもり体質なので、おうちで楽しむ方法もいろいろあるものだから、出かけられないのがひどく苦痛というわけではない。でも、さすがに旅への思いがふつふつと湧いてきて、家にいながらにして出かけたような気持ちになれるのはなんでしょうと考えてみたら、それはやはり、料理しかないような気がした。

じつは、四月の初めに予約していたスリランカ料理教室に、最近ようやく行くことができたのも、「食べ物でプチ旅行気分」に拍車をかけるきっかけになった。スリランカのカレーって、インドのカレーとどう違うのか、よくわからないってことは、ないですか？

わたしも、説明できるほどのしっかりした定義を学んできたわけではないのだが、油の使い方や量が違うという印象はあった。

その料理教室で習ったチキンカレーでは、使うのはココナッツオイルで、これは、刻んだタマネギと青唐辛子を炒めるのに使う。さらにニンニク、トマト、スパイスを絡めておいた鶏肉を入れて炒めるのだけれど、とくにオイルを追加したりもしないし、どちらかといえば炒めるというより、（トマトの水気が入るから）煮るみたいな印象。

材料を炒めるより前に、鶏肉にはスパイスをまぶしておく。このスパイスなのだが、チリペッパーを煎《い》るという手順があって、オレンジ色のチリペッパーがこげ茶になるまで乾《から》煎りする。そうすると香りが立つだけでなく、目や鼻にツンとしみるし、ゲホゲホ咳《せき》が出る。ちょっと驚いた。ここでは油は使わない。

スリランカのカレーの味の決め手は、「トゥナパハ」と呼ばれるブレンドしたパウダースパイスで、中身はフェンネル、コリアンダー、クミン、そのほかいろいろなんだそう。

こちらは、あらかじめブレンドしてローストしたものが、エスニックスーパーなどでは手に入るらしい。それと、カレーリーフやパンダンリーフという、特徴ある葉っぱが入る。

お教室でいただいたスリランカカレーはすごく旨味《うまみ》があって辛くておいしかったのだが、それを家庭で再現できるかと言われれば、カレーリーフもパンダンリーフも手に入れるのが面倒だから、パスしてしまったし、肝心の「トゥナパハ」まで、家にあるスパイスを適当に混ぜて自分で煎ったものを使ったので、先生のお手本とはかなり違う味に仕上がった。

それなのに、というか、それにもかかわらず、なんちゃってスリランカチキンカレーは、驚くほどおいしくて、なにやら「本場感」あるものになっていて驚いた。近所のスーパーで手に入るスパイス類と塩とトマトくらいしか、味つけ材料はないのに、ルーを使うより深みがあっておいしいのは、なんでなんだろう。あの、ゲホゲホしながら乾煎りするスパイスに、秘密があるんだろうか。

ついでに、ココナッツフレーク（製菓材料コーナーで買った）と三つ葉とスライス玉ねぎをライムジュースと塩で和えたサラダと、やはりココナッツフレークを鰹節、塩、チリパウダー、トマトと混ぜてガーッとブレンダーにかけたふりかけみたいなものを作って、カレーに添えてみた。この二つは、青菜のサラダのほうが「コラサンボーラ」、ふりかけが「ポルサンボーラ」という名前の、スリランカの代表的な副菜のつもり。インターネットで調べていい加減に作ってみたものなので、本場の人が食べたら「なんですか、これは？」と首を傾げるかもしれない。ブレンダーなんか使っちゃっていいもんなのか？　しかし、なにより、これらもオイルを使わないので、食後、胃がもたれる感じがしない。さすがはアーユルヴェーダの国のごはんだ。

なんでスリランカ料理になったかというと、じつはいまスリランカ人の出てくる小説を某紙で連載中だからなのだが、このにわかスリランカディナーが案外楽しかったので、「食べ物でプチ旅行」は、しばらくわが家のちょっとしたブームになった。

パプリカペーストと白ワインでマリネしておいた豚肉をあさりと豪快に炒めて香菜をばっと載せてレモンを搾る「豚肉とあさりのアレンテージョ風」でポルトガルに行った気分とか、豚塊肉を細かく刻んでエシャロットと炒めてから甘辛に煮込んで炊きたてのごはんにかけて食べる「魯肉飯《ルーローハン》」で台湾旅行とか、アゼリ民族の人がフライパン一つで作るケバブでアゼルバイジャンに思いを馳《は》せるとか、台から作ってみましたよピザで、ここはナポリとか。

これはこれで、たいへん楽しかったけれども、そろそろ納豆と煮魚が食べたい気分だし、どこかへ出かけて誰かの作ってくれた土地の料理を食べてみたい気がしないでもない。

いまや依存症？　フォームローラーが好きすぎる

八月になって、急に夏になった。暑い。

蝉《せみ》も全力で啼《な》いている。

まあ、もう、雨は飽き飽きだと思っていたから、晴れてよかったけど、それにしてもあまり出かける気になれない二〇二〇年の夏。

わたしは家にいて、ご多分にもれず太っている。太っているというか、むくんでいる。

もちろん、脂肪もついていると思うけれど、なんとなくぶよぶよしていて、ふくらはぎなんかズドーンとしているので、むくみはかなりあると思います。

ずっと行けていなかったピラティス、先日初めてオンラインレッスンというのを受けてみた。Ｚｏｏｍを使ったやつだ。

たった三〇分なのに、汗だくだく。わたしの中から、水分が出たがっているに違いない。

最近のわたしのお気に入りは、フォームローラーだ。枕くらいの大きさの円筒で、ちょっと表面がでこぼこしているもの。

じつは、こいつのいとこの兄さんみたいなストレッチポールという長い円筒を持っていて、長年愛用している。このストレッチポールの上に、お尻から頭まで乗せて左右にゆらゆらすると、背中から腰にかけてのコリが取れて、ものすごく気持ちがいいからだ。

しかし、今回のこのどうしようもないむくみ@ふくらはぎに対して、なにか有効な手段を取れないものかと検索していると、ストレッチポールの三分の一くらいの長さの、かわいらしいローラーに出会ったのだった。

こちらは、横向きに置いたローラーの上に、身体《からだ》の一部を乗せ、体重をかけつつゴロゴロと動かすのだ。痛気持ちよさが癖になる。

埼玉県に、知る人ぞ知る「五家宝《ごかぼう》」という和菓子がある。雷おこしなどの「おこし」の種を円筒状にして、これをきな粉と水飴を合わせた生地でくるみ、その上からもう一度、きな粉をさらさらと振ったものだ。

説明が長くなったが、フォームローラーの形状は、この「五家宝」にそっくりなのだ。

といっても、もしかしたら、「五家宝」も「フォームローラー」も知らない人には、説明になっていないかもしれないと、いま気づいた。

でもまあ、「五家宝」を知らなくても、フォームローラーの気持ちよさは、なんとなくイメージできるのではなかろうか。

表面のでこぼこしたもの、突起と呼ぶにはおだやかすぎる凸部が、ほどよくコリをほぐしてくれる。ほぐし手は自分自身と自分の体重なので、なんとも安上がりだが効果は絶大だ。

コロナで運動量が減り、足首を動かさないためにふくらはぎがもったりとむくむのだということはわかっている。コロナでなくても、日ごろからたいして運動していないから、すごくむくみやすい。

それでも、朝になればなんとか足らしい足を取り戻せていたのに、このごろでは夕方のぱんぱんした足が、朝になっても戻らないことがあり、これはぜったいになんとかしなきゃならないと思って、ふろ上がりのマッサージも、オイルで念入りにやってみたりした。

でも、あいかわらず、ぱんぱんしていた。

そこでやってみました、フォームローラー。

床に座り、横倒しにしたローラーに左ふくらはぎを乗せ、その左足のすねの上に右足を重ねる。そして、お尻の脇についた両手で身体を支えて持ち上げ、ふくらはぎの下のローラーをゴロゴロと転がす。痛い。

でも、この痛いのを、場所を微妙に変えつつ数回やると、コリがほぐれてすっきりする。ついでに、太ももの裏とか、いっそ太ももの前の部分とか、固まりがちな股関節などもゴロゴロ。背中に当ててゴロゴロ。だんだん下に降ろしていって、腰もゴロゴロ。などなど好きなようにゴロゴロしていると、身体が温まってくるのがわかる。夏なので、そう温まらなくてもいいと思う人もいるかもしれないけれども、冷房の効いた部屋で過ごしていると、けっこう冷えているものなので、じんわり温かくなってくると、気持ちよく寝られるのだった。

ほんとうは、泣けるほど痛い、太ももの側面というのがあって、横向きに寝て太ももの側面をローラーに当て、反対側の足を立てるようにして足の裏を床につき、その足と腕で身体を支えながらゴロゴロやる。すんごく痛いけど、終わると達成感がある。

この一連のゴロゴロ（ときには脇の下から上体の側面なども）を終えると、ものすごく寝つきがよくなり、翌朝は、人間の足に見える足が復活するのである。

ところが、一つ難点があって、これがあまりに気持ちよいと身体が覚えたためか、夜これをやらないと、寝つきがよくない。たまたま実家に行く用事があり、一泊したら、フォームローラーがないので眠れない。こんなことって。

使用しているローラーの謳《うた》い文句には、プロスポーツ選手が遠征にも欠かさず持っていく、とあったが、ひょっとしてないと眠れなくなるからなんじゃないか。

ただのおばさんがどこかへ行くたびに直径14センチ、長さ33センチの筒を持って歩くのは、どうなんだろう。こういうのも、依存症の一種なのかと考えつつ、今日もゴロゴロ。

総理大臣になる人は友達が少なくてもいい

安倍晋三首相が辞任を表明した。

よくも悪くも八年近く、安倍さんは日本の顔だった。日本の首相が「アベ」だということは、世界中の人が知っていた。ドイツの首相はメルケルで、日本の首相はアベ。

これまでいちばん長く続いた戦後の総理大臣は佐藤栄作さんで、安倍さんはその記録を抜いた四日後に辞任を表明したわけだけれど、佐藤栄作という人も長かった。

調べたらわたしが生まれた一九六四年から、一九七二年まで在職していた。物心ついたら佐藤栄作が総理大臣をずーっとやっていた。そのあとの、田中角栄さん、三木武夫さん、福田赳夫さん、大平正芳さん、鈴木善幸さん、中曽根康弘さん、竹下登さんなんていう人たちは、それぞれ二年か三年くらいやってたから、それなりの長さだったが、平成に入ってからちょっとよくわからなくなってきた。

まず、平成初の総理大臣が、スキャンダルで退陣を余儀なくされた宇野宗佑さんで、この方は在職期間が六十九日だ。二カ月ちょっとか。短い。この方のスキャンダルは「指三本」と呼ばれていた。神楽坂の芸者さんに「わたしの愛人になれば、これだけ出す」と言って「指三本」出した。芸者さんは「三百万」だと思ったのに、宇野さんがオファーしたのは「三十万」だったと知って、「こんな人を総理大臣にしておいてはいけない」と憤った芸者さんが、マスコミにリークしたんだとか。宇野さんも宇野さんだが、この芸者さんも、総理大臣になる人の条件をどう考えているのか、ちょっと問いただしたい気もする。三百万出せる人ならいいのか?

平成の最初の十年くらいは、バブルが崩壊してたいへんなことになった時代だったから、不満を持った人は多いかもしれないけど、自民党と社会党が連立政権を組んでいたりして、ちょっとおもしろい。いま考えると、どうして連立できたのかわからないような主張の違う人たちがいっしょに内閣を作っていた。でも、だから細川護熙さんとか村山富市さんなどが首相になった。自民党総裁として内閣を率いた橋本龍太郎さんとか小渕恵三さんとかにしても、連立内閣の首相だったからこそ身につけなければならないバランス感覚があったんじゃないかと思う。

小渕恵三さんは病気で倒れて首相の座を退くことになったので、その意味では今回と前回の安倍さんの辞任のパターンと似ている。でも、もっと深刻で、昏睡《こんすい》状態に陥って執務不可能になった。そのあとに後継となって、でもその決め方が「密室」だったと批判され、支持率ものすごく低かったのが森喜朗さん。

そのあとに、異常なくらい人気があったのが、郵政民営化をやった小泉純一郎さん。

森さん、小泉さんと続く二〇〇〇年代になって、日本の政治はまた、違うステージに入った。自民党と公明党の連立政権というパターンができたのも、ここから。

大人気の小泉さんのあとが安倍さんで、持病が悪化して辞めたのはまる一年後。ここから、ほぼ一年ごとに首相が交代する事態になった。二〇〇九年には政権交代が起きて民主党政権が三代続くものの、二〇一二年に安倍さんが政権を奪還して、以後、自公政権で七年八カ月の長期政権となった。

退陣の理由が、持病の難病だったために、病気を抱えての執務はたいへんだったに違いないと、多くの人が同情し、なんと辞任発表後に支持率が二〇パーセント上昇した。

そして個人的に仲のいいお友達である松任谷由実さんが、テレビで辞任会見を見て「泣いちゃった、切なくて」とツイートしたりしている。人に好かれる人物のようだ。

しかし、きっとそこが安倍さんのアキレス腱なのではないかと、わたしは思う。

安倍さんに取りざたされる疑惑は、ことごとくお友達が絡んでいる。友人に便宜を図ろうとした、あるいは安倍さんの友人に便宜を図ってあげようと周りが安倍さんのために動いた（森友、加計学園のパターン）とか、後援会のお友達を税金で接待してしまった（桜を見る会のパターン）とか、逆にお友達ではない人を選挙で落とすために、お友達に一億五千万円ものお金、もとはと言えば税金だけど、大金をあげてしまい、それを元手に買収が行われた（河井案里・克行夫妻のパターン）とか。

あるいは、お友達であるトランプ大統領に「買って」と言われると、欠陥があるとも言われる戦闘機を言い値で買ってしまうとか、お友達であるプーチン大統領に秋田犬をプレゼントしたり山口の旅館に招待したりしたけど、「北方領土は返さないよ」と言われてしまうとかいった外交も、安倍さんの「お友達」感覚から来ているのではないだろうか。

そしてお友達ではない韓国の文在寅《ムンジェイン》大統領との仲は修復しがたく、戦後最悪の日韓関係と言われている。

お友達には、やさしくていい人なのだろう。でも、総理大臣というのは、私情を抑え、権力を抑制的に使う人でなければならない。そういう人は、友達の数は少ないかもしれないが、税金を公平で有効に使うだろうから、次の総理大臣にはそういう人になってほしい。

朝のルーティンで現状キープ

今年の季節は暦通りに進行している。

八月になると急に夏がやってきて、お彼岸が過ぎたら暑さがゆるみ、十月に入ったらすっかり秋になった。

秋は野山がいちばん美しい季節だから、どこかに出かけたいような気がするけれど、専門家によるとやはり涼しい季節になればそれだけ、コロナの勢いは活発になるのだそうだから、もうしばらくは家で過ごしたほうがいいのかもしれない。東京もＧｏ Ｔｏキャンペーンの対象になりました！と言われても、ちょっとあまり食指が動かない。

もともと、ひきこもり体質なところに、ステイホームが推奨されて、すっかり運動不足になったが、地道に家の中での体操を続けていて、そこそこ効果を上げているような気がする。あるいは、三、四年続けているピラティスの効果か、思ったほど調子は悪くない。ルーティンをこなす安心感もあるのかもしれない。

朝、起きたらベッドの中で、脚をぐるぐる回すことにしている。一本ずつ、少し膝を曲げたまま脚を持ち上げて、股関節からぐるぐる内向きに輪を描くように回す。

ベッドを出たら、筋トレとストレッチに移行する。筋トレは、プッシュアップ（腕立て伏せ）と、プランクとスクワット。プッシュアップとスクワットは十回だけだし、プランク（四つん這《ば》いの姿勢から、肘から先で上体を支え、脚を伸ばして、前腕と足のつま先で胴体を支えて持ちこたえる）も三十秒しかやらないので、そんなので効くのかなという程度だが、やらないよりはいいいと思う。とくにスクワットは、外出しなくても脚の筋肉の存在を忘れていないと、自分自身に言い聞かせるためにやっている。

ストレッチは、以前も紹介したフォームローラーを使って全身をほぐすエクササイズのほかに、ヨガのキャットバック（四つん這いになって、背中を丸めたり反らしたりする）と、開脚前屈をやっている。体は硬いので、開脚といっても九〇度くらいしか開かないのだけれど、ものの本によると、それだけ開けば十分なのだそうで、その姿勢で前屈したり、股関節をぽんぽん叩いたりしているうちに体が温まってくるから、なんとなく気持ちよくなってきたら終了として、回数は決めていない。

このあと、よくやっているのは、腕や肩をぐるぐる回す、というやつ。全工程、二十分くらいの朝の体操を終えると、重だるかった腰がラクになって、背が伸びているような感覚になる。関節やなにかが、あるべき位置に戻ったような感じ。これをやっておくと、一日座り仕事をしても腰の痛みが違うのだ。

最近、ルーティンに加わったのは、体操のあとのフルーツジュースだ。じつは、夏にお友達からおいしい梨をたくさんいただいて、毎日ジュースにして飲んでいたら、ジュースなしの生活に戻れなくなったのだった。

じつはここ数年来、朝食を食べていなかった。運動量が少ないのに三食しっかり食べていたら、胃がもたれて太ったという経験があって、朝食をパスしていた。でも、もちろん、本来は食べたほうがいいんでしょう。とくに、朝は糖分を摂《と》ったほうがいい。しかし、「朝から糖分」は血糖値を上げる。

ところが、けっこうな糖分であるはずのフルーツは、空腹時に食べるとあまり血糖値を上げないという説があるらしい。

朝、甘いジュースを飲むと、ほんとうに頭に栄養（糖分）が回って、脳がしゃきっと目覚めるのがわかる。ぜんぜん、違う。いままで糖分なしで、どうやって頭を働かせていたのかと思う。

そういうわけで、この、朝のルーティンと、二週に一回のピラティス（現在はオンライン）で、かろうじて五十六歳の健康を維持しています。なるべく食べすぎないようにというのもあるけど、食べるのが幸福の源泉だから、そっちはあまり制限したくない。ごはん（糖質）の量だけは、若いときと比べると三分の一くらいに減らしているけど、体重もサイズもとくに減りませんね。

あとは、一時間くらいの散歩でもすれば、まあまあ人並みの運動量になりそうだけど、いまはマスクして歩くのが嫌だし、結局、家にばかりいて、免罪符としての筋トレ、ストレッチをこなしているという状況です。

甘いジュースを朝飲むと、頭がしゃっきりするとか、豚肉や鶏むね肉を食べると元気になるなんてことを、若いときはあまり考えなかった。なにもしなくても元気だったからだろう。年を取るのはちょっとさみしいことだけれど、年取ったなりの日々ができてくるのがおもしろい。

先日、眼鏡を誂《あつら》えた。

近眼で、使い捨てのコンタクトレンズを使っているのだけれど、これもコロナで家にばかりいるのにコンタクトを嵌《は》めるのがおっくうになり、四半世紀くらい前に作った眼鏡を毎日している。度が弱いので、パソコン作業をしても疲れないし、目の中に異物を入れなくていいのも気持ちいい。ただ、古いので、鼻パッドが歪んでいるし、デザインもあまり好きじゃない。

ということで、新しい眼鏡が来週出来上がる。

コロナのおかげというのも変だが、自分の体の声を聞くことが多くなった気がする。

卒業して三十数年経《た》った あのころの未来ってのは

つい先日、母校というところに行ってきた。それは東京都八王子市の外れにある、某女子大付属高校で、わたしが通っていた当時は高校だけだったのだけれど、卒業して数年後に中学も併設したので、いまは中高一貫教育校となっている、山の上の女子校のことである。

その学校が開校して五十周年なのだそうで、卒業生でも呼んで話をさせるかということになったらしい。わたしが十期生だったので、わりとできたばかりの新しい高校に通っていたイメージがあるのに、おやまあ、あっという間に四十年も経過してしまったのか！と、感慨深い。そう、だから、四十年前は、わたしは女子高生ってことになるわけだ。

お話が来た当初は、コロナのコの字もなかったから、五十周年式典は盛大に祝われ、式典のあとには同窓生や退職された先生たちやら、関係者が集う大懇親会が執り行われる予定だったのだけれど、二〇二〇年、このような事態を迎え、開催も危ぶまれたりしたのだった。

それで結局、懇親会はなし、式典出席者も最小限に絞るとなって、講堂には現役の先生たちの見守る中、高校生だけが集められ、中学生たちは教室でリモート参加、講演時間も当初の半分だか三分の一だかの、三十分に短縮されての開催となった。

ま、三十分というのは、生徒さんたちにしてみれば、ちょうどいい長さではないかと思うけどね。講堂で知らない人の話を聞かされることを考えたら。

それでも、三十数年ぶりに母校に帰ると、なんだかあのころのことをいろいろ思い出して、懐かしい気持ちにはなったのだった。

考えてみたら、初めての長編小説を書きだしたのは高校二年のときだった。それだけではなくて、なんやかんや書いていたし、あまり他人の情報に左右されることなく、好きなように手に取った本を読んでいた。あのころは、小説も読んだけれど、芝居の脚本を読むのが好きで（舞台を観るのももちろん好きだけれど、田舎の女子高生はそんなに観劇に出かけられるわけでもなかったから）、つかこうへいとか清水邦夫とか別役実とか、夢の遊民社を立ち上げてそんなに経っていないころの野田秀樹なんかの芝居の脚本を読んで、劇作家になりたいなと思ったりしていたんだった。考えると、そうは外れていない、「あのころの未来」に、いるような気がしないでもない。というか、自分のように、あまりほかのことができない不器用な者は、かえってほかのことに煩わされないから、好きなもの一直線みたいになりがちなのかもしれない。

でも、あのころは、周りの友達がみんなそうだったように、二十代で結婚して、子どもを持つような気がしていて、子なしで五十代を迎えてから初婚をするなんて、そういう規格外の未来は想像していなかったのだった。

先日、若い記者さんから取材されて、出来上がってきた記事を読んでショックを受けた。

「五十代の結婚は、恋愛の延長上にある若いときの結婚と違って、お互いの介護のためにする結婚です」

えええ？　そうなの？　まあ、思い出してみれば、それに近いことは言ったのだ。つまり、五十代で結婚するからには、人生の後半をいっしょに生きるパートナーだという意識がある。遠からず、お互いの介護なども視野に入ってくるだろう、とかなんとか。

若い記者さんには、五十代が恋愛するなんて発想は、頭からなかったのであろう。それから、こんな感じのことも書かれていた。

「好きなことを仕事にして、自分の人生には満足。でも、満ち足りてみると、子どもがほしくなりました」

ううう。そうじゃない。好きなことを仕事にできた人生に後悔はしていないけれど、子どもを持てなかったのは残念だったと言ったのだ。子どものいる人生を生きてみたかったから。

五十年も生きていると、実際は、自分の人生にいくつかの、失敗を認めざるを得ない。もっと若いうちなら修正もきくけど、五十代で修正は不可能だ。五十代ではもう、子どもは産めない。子どもがなければ孫も持てない。だけど、そういう年になったなら、あれは失敗だったなんて思うのはやめたほうがいい。だって、取り返せないことを責めるのはつらい。それより、自分なりに持つことのできたものを認めて、満足するほうが幸せになれるんじゃないだろうかと、そんなことを言ったのだった。

うーむ。わたしの言葉足らずもあろうが、世代間ギャップというのは埋め難いものがある。二十代の記者さんには、五十代の感慨は響かなかったのだろう。

そういうわけで、二十代の記者さんよりさらに十歳くらい年下のお嬢さんたちに、まさか五十代の感慨を吐露するようなドジは踏まず、なんとか未来を祝福するような講演をやり終えたわけだが、お嬢さんたちはなにがしか受け取ってくれただろうか。

ともあれ、色づき始めた山の木々が美しい秋晴れの一日で、未来に開かれた高校生たちと会えて、娘をいっぱい持てたみたいな、ちょっとした幸福感を得たのであった。

ミニチュアが呼び覚ます
あの「銘菓」の記憶

とにかく家にばっかりいるから、ふとした気の迷いで、通販で妙なものを買ってしまったりする。

妙なもの、などというと聞こえは悪いけれども、これは単なる照れ隠しで、やはりほしくて買ったものは、届くとわくわくして楽しい。

先日、ネットを見ていたら、「銘菓ミニチュアコレクション」というものに出くわした。それはなにかといえば、「ガチャ」、つまり「カプセルトイ」の中身なのである。こんにち、この「ガチャ」というものは侮れない。大人心を狂喜乱舞させるなにかを、「ガチャ」に発見することは珍しくない。

たとえば、二〇一九年十一月に発売された「NTT東日本公衆電話ガチャコレクション」などはどうだろう！　なつかしい緑のも、グレーのも、なんとダイヤル式の赤いのもある！

「超熟Ｐａｓｃｏのパン　ミニチュアスクイーズ」とか、「アラジンの石油ストーブ」とか、「え？　なに？　ほしい！」と思うのは、ぜったい子どもじゃなくて大人だ。年代からいったら、「おじいさん・おばあさん」に近い大人だろう、これはもう、どう考えても。

そして、このたび、わたしのハートをずぎゅんと撃ち抜いたのが、老舗銘菓のミニチュアシリーズだったのである。
①泉屋東京店　スペシャルクッキーズ
②榮太樓總本舗　梅ぼ志飴&黒飴
③浪花屋製菓　柿の種
④神戸凮月堂　ゴーフル
⑤坂角総本舗　海老せんべい　ゆかり
うおおおお、やられた！

と、思う人は多いのではないだろうか。

しかし、いったいどこのガチャガチャに出向き、何回、いくら費やせば、この五種類の精巧なミニチュアが手に入るものなのか。

そんなことを考えるのは、素人であるらしい。友人がたちどころに、「大人買い」する人のために、カプセルに入れてない商品を売り出すものなのよと、教えてくれたのであった。

おお、たしかに、ある、ある、ある。楽天とかなんかで、買える！　一気に買える！

というわけで、買った。買いましたですよ。

それが家に届いたのである。

か、わ、い、い♡

どれも、あの見慣れた缶が入っていて、その中身もなんともしっかり作ってある。たとえば泉屋のクッキーズなら、茶色の専用ケースというか間仕切りのようなものに美しく詰められたあのクッキーたちが整然と並ぶのみならず、色とりどりのちっちゃなアンゼリカが載った泉屋クッキーのシンボルのようなリングターツが二ピースついていて、缶に入れたり、出したり、自在に楽しめる。

さらにすごいのは榮太樓の飴たちで、いくつかの飴がごそっとかたまって缶を占拠して雰囲気を作るのみならず、一辺三ミリくらいの、あの角丸三角形の飴ちゃんが三つばかり、ちゃんと「粒」で入っている凝りようなのだ。

どうしよう。一日、眺めていられる。出したり、入れたりして日が暮れる。こんなことで、こんなことでいいんだろうかと思いながら、背を丸めてちっちゃいものと対峙して過ごす幸福感、ないし、ヘンな背徳感よ!

そして、ちびっこ銘菓たちは、記憶中枢に働きかけて、幼い日に泉屋のクッキーを日東紅茶かなんかに浸して食べた思い出なんかを、呼び覚ましてくれたりするのである。なんだかちょっと、マルセル・プルーストのようですらあるではないか!

梅ぼ志飴。ぜんぜん梅干しの味がしない、甘くておいしい梅ぼ志飴の缶カラに、千代紙で折った奴さんの伝統柄兄弟を入れて、ずいぶん大事にしていたことがあったっけ。

ゴーフル! あの、顔より大きい(かつては)ゴーフル! たしか、就学前の児童だったころ、なにかで母の逆鱗に触れ、物置に放り込まれたことがあった。暗い物置が怖くて、天地も裂けよというくらい泣いて、泣いて、泣いて、泣いた。そうしたら、よっぽどうるさかったらしく、とつぜんドアが開いて、救い出されるのかと思いきや、ゴーフルが一枚、投げ込まれた。は！　これは、ゴーフル！　わたしは瞬時にして泣き止《や》んだ。これを一枚食べるのは、あんがい、時間がかかる。母は自宅で翻訳の仕事をしていたから、たぶん、どうしても娘を泣き止ませたいが、外に出して自由行動をさせたくはないという、特別の事情があったのだろう。

柿の種と坂角のゆかりには、そこまでの思い出はないが、というのも、ビールのおつまみにもってこいの柿の種が人生に登場するのは、比較的大人に近くなってからだったし、坂角のゆかりも大人になってから初めて食べたものだったから。しかし、もう、大人になって長いので、これらにも思い出はある。そして、なにより、坂角のゆかりのシックな缶には、いまもわが家の大工道具が収納されているのである。

なんだろう。なんだって、こんなに心惹《ひ》かれるのだろう。この小ささが、ものすごくありがたい感じがするのはなぜ？

心躍るわ。次にほしいのは、資生堂の花椿クッキーとか、ヨックモックのシガールかな。

小春日和のお散歩
どこか懐かしい美術展へ

なかなか外出もままならない日々だが、マスクして誰とも話さず、なんにも食べないないなら、出かけてもよいかと、板橋区立美術館の『誰も知らないレオ・レオーニ展』と、東京都現代美術館で開催されている『石岡瑛子』展に行ってみた。緊急事態宣言発令前のこと。

レオ・レオーニは、『スイミー』や『あおくんときいろちゃん』『フレデリック』などで大人気の絵本作家だから、誰も知らないどころか知らない人はいないくらいの（だって、『スイミー』なんか小学校の教科書に載っているし）画家だ。でも、もちろん、企画展が掘り起こしているのはその、「誰も知らない」部分で、その深掘りが魅力の展覧会ということなのだろうけれど、ただただ絵本作家レオ・レオーニのファンであるこちらは、ミュージアムショップのグッズの充実ぶりに目を丸くして、お土産を買いまくってしまう事態になった。

ともあれ、知っている、大好きな絵本の原画にときめくとともに、よく知らなくて興味深かったのは、レオ・レオーニがタイプライターのオリヴェッティの広告をデザインしていたり、ビジネス誌『フォーチュン』のアートディレクターをしていたりした時代のこと。クライアントには大手テレビ局のＣＢＳやニューヨーク近代美術館などもあって、なんと、かのロックフェラーセンターの最上階にオフィスを持っている、超がつくほどの売れっ子グラフィックデザイナーだったのだそうだ。

ユダヤ系で、家族とともに亡命してアメリカに渡ったレオ・レオーニが描いた、しぼんでいく風船になぞらえたヒトラーの絵も展示されていた。人種差別に抗《あらが》い、一人ひとりの個性を大切にして、必要とあればみんなで力を合わせて困難に立ち向かうレオ・レオーニの「思想」は、子どもたちの心にすーっと入ってくるやさしい絵と言葉になって、『スイミー』に現れているから、作家はこういう人物だったのだと知ってもびっくりはしないけれど、あの余計なものをそぎ落としたシンプルな絵本を作った人の内面に、こんなに強い気持ちがあったんだと、知ることができたのはよかったと思う。

そして石岡瑛子とレオ・レオーニの共通点は、ともに広告業界の第一線で活躍したアーティストだったことだ。

石岡瑛子は一九三八年生まれ。レオ・レオーニが家族といっしょにアメリカに居を移したのはその翌年だ。石岡瑛子が東京藝術大学を卒業して資生堂に入社し、グラフィックデザイナーとして活躍しはじめるのは一九六〇年代のことで、レオ・レオーニは一九五九年に『あおくんときいろちゃん』を発表してイタリアに移住し、広告業界を去る。二人の、広告の世界での活躍は入れ替わるような形になっているけれど、とうぜん、石岡瑛子は学生時代にレオ・レオーニのアートディレクションを目にしていただろう。影響関係みたいなことは、専門家でもないわたしにはわからないけれど、石岡瑛子展の最後に展示されていた、学生時代に作った絵本、というのがとても素敵だった。

シンプルな色使いの絵が、レオ・レオーニによるオリヴェッティの広告や、ニューヨーク近代美術館の「The Family of Man」のポスターに、ちょっと似ているような気がしたのは、勝手な思い込みかもしれないけど。

マイルス・デイヴィスのアルバム『TUTU』のジャケットのデザインや、わたしたちが若かったころ（七〇年代とか八〇年代くらい）のパルコの広告や雑誌『野性時代』のアートディレクション、フランシス・フォード・コッポラが撮った映画『ドラキュラ』の衣装デザイン（アカデミー賞を取った）、それに「北京オリンピックの開会式の衣装」、石岡瑛子の仕事の幅はとても広い。

あらためて、二〇世紀の後半は、広告の時代、そして印刷物の時代だったんだなあと感慨深かった。石岡瑛子は、九〇年代以降、映像や舞台の仕事を多く手掛けるようになるけれど、二一世紀は確実に、映像やデジタルコンテンツの時代になった。

自分の生きてきた時代を考えると、そして自分のやっている仕事のことを考えてみても、やっぱり印刷物の手触り、印刷物のヴィジュアルはいとおしい。たまたま出かけた美術展が、二つともグラフィックデザイナーをしていた人の展覧会だったのは、ただの偶然だけれど、二〇世紀後半を生きた人の才能が、その分野で発揮されたのは偶然ではないだろう。

両日ともお天気に恵まれたよい日だった。

板橋区立美術館のまわりは、東京にいることを忘れるようなのどかな風景が広がる。湧き水もあるし、なんだかその場所じたいが懐かしいところなので、いつも行くと近所をお散歩するのも楽しみなのだ。

東京都現代美術館は、一昨年リニューアルオープンしてから初めて訪れた。清澄白河からも菊川からも歩くとちょっとある立地だけれど、このあたりは近年目覚ましく発展したおしゃれエリアで、おいしいレストランやコーヒーショップ、チョコレート屋さんなどがある。

もちろん公園もあるから、こちらもお散歩には最適な目的地である。

夫婦別姓についてつらつらと考えてみた

新聞を読んでて、興味深いニュースが目に飛び込んできた。

ファッション誌「ＶＥＲＹ」などで活躍するモデルの牧野紗弥さんが、夫婦別姓に向けた準備を始めているという記事。「準備を進める」というのが具体的にどういうことかというと、結婚して十一年、十歳と九歳と五歳のお子さんのいる牧野さんが、まずは現在の（夫の姓を名乗っている）法律婚をやめて（つまりはまず離婚して）事実婚に切り替える、というもの。もちろん、夫婦別姓での入籍が民法上可能になったら、もう一回、婚姻届を出すことを想定しての事実婚で、夫との関係も子どもとの関係も、それで変わることはない。ただ、「ママはアイデンティティの一つである旧姓を名乗りたい」と、お子さんたちにも納得してもらえるように話している最中だそうだ。

まず最初に思ったのは、わー思い切ったなあということで、次にじわじわと、うん、うん、がんばって！と応援する気持ちが湧いた。

わたしの同世代からそれより上の世代（「ゆうゆう」読者世代ですね）にとっては、やはり「結婚したら女性が男性の姓を名乗る」のがふつう、常識、だったのではないかと思う。でも、近年、この「女性が姓を変える」ことのデメリットというか、不平等感みたいなものにスポットが当たるようになってきた。昨年の一月に朝日新聞社が実施した世論調査では、「選択的夫婦別姓」（夫婦同姓にするか別姓にするか自分で選ぶことができる制度）に賛成する人は、六九％、ほぼ七割だった。これが五十代以下の女性に限ると、八割以上になるという。

それだけの人がOKと考えているのなら、そろそろ「別姓OK」に法律が変わるんじゃないのかな、と思うけれど、これがそうでもないのは、いまの与党の国会議員さんたちは、別姓に反対している人が多いからだ。世論と、国会内世論にかなりなギャップがある。だから、世論は変化していますよというのを、国会の人たちにちゃんとわからせるために、牧野さんの思い切った決断は、効果があるんじゃないか、という気がする。

じつは、わたし自身も、夫婦別姓が選択できないので事実婚のままでいる。牧野さんほど、きりっと強い意志があるわけではなく、ちょっとズルズルしたところがあるんだけれども。

三十代の半ばからつきあっている相手と、長い長い交際期間を経ていっしょに暮らすことを決断したのは六年前のことで、そのときは入籍も考えていた。でも、そのために、わたしが姓を変更するのは、ちょっと煩瑣《はんさ》でストレスフルだと感じて、「夫婦別姓がＯＫになるまで待たない？」ということになった。

一度は夫のほうが、「じゃ、オレが変えるか？」とも言ってくれたんだけど、銀行やパスポート、複数ある取引先、カード類その他、やっぱり彼のほうも変更はめんどうだと感じて、「そうだな、別姓ＯＫまで入籍は待とう」ということになって、現在に至っている。

お互い五十歳を過ぎているので、生まれてからずっと持っている名前が背負っているものが多すぎる。若いときだったら、それもわたしが二十代だったころなら、おそらく、迷いもなく夫の姓を名乗っただろうし、変更もいまほど複雑ではなかっただろう。だけど、フリーランスで仕事をしていると、取引先だけだって、かなりな数になる。

小説家デビューしたのは三十九歳で、ペンネームを使うか本名にするか少しだけ悩んだけど、

「結婚したら本名は変わるかもしれないけど、筆名にしておけば一生、この名前が使えるから」

なんてことを、ちらっと考えたりもしたのだ。

そう、十五年前ですら、そうだった。

だからこの十何年かで、世の中の空気は徐々に、徐々にだけれど、変化し、気がつくとずいぶん変わったのだと思う。

いちばん大きいのは、仕事をする女性が増えたことだろう。結婚しても、出産しても、キャリアを持ち続けるつもりの女性にとって、名前が変わってしまうのは、不便であるとともに、あきらかな損失でもある。

もう一つは、牧野さんのように、生まれてからずっと使ってきた名前は自分の「アイデンティティの一つ」という考え方が、じわじわと浸透してきたことだ。法規定上は男性が変えるという選択肢もあるけれど、社会通念として、基本的に女性が姓を変更してきた歴史がある。なぜ、女性だけが自分の名前を失わなければならないのか。

だって、そういうもんだから。

というのが、明治以来の通念だったのに対して、いや、そういうもんでもなかろう、という通念が、じんわりと育ってきたのだろう。

夫婦別姓がＯＫになったら、別姓を選択する人はかなりいるだろうという予想はつく。でも、家を継ぐとか、誰かの家のものになるとか、夫の付属品になるとかいった、明治以来の発想とは、すこんと無縁なところで、結婚を機に、ペアルックを着るみたいに、気軽で楽しい選択として、同姓を名乗る人なども出てくるんじゃないだろうか。

社会通念もアップデートすべきだ。

選択肢は多いほうが楽しいと思う。

コロナの東京でホテル滞在してみた

先日、都心のホテルに二泊ほどした。

昨年から連載している新聞小説が佳境で、煮詰まってしんどいので、気分を変えるためにカンヅメになることにしたのだ。

場所は赤坂。永田町に近いエリアで、東京に住んでいるわたしでも、ふだんはあまり行かない場所だ。いや、行かなくもない、六本木に映画鑑賞や美術鑑賞に出かけていくとか、赤坂に舞台を観に行くとか、最近は、執筆中の小説の取材で霞が関近辺に行くことも多い。

ただ、まあ、都内に住んでいればわざわざホテルに泊まる必要はまるでないわけだから、ホテルの界隈には行かない。特別なこと、たとえば、文学賞の授賞パーティでもあれば、出かけていく必然性もあるけれども、文学業界が利用するホテルは銀座あたりが多いのだ。それだって、コロナの時代だから、パーティなんてものには、とんとごぶさたなのである。

そのホテルは、業界的にはやはり立地の関係で、政治家の方やその後援会の方などが利

用することが多いようである。駐車場からフロントに向かう廊下で、いきなり携帯で、

「○○先生が選挙のときに」

なんて話している男の人の脇を通ることになったから、うーん、そういう場所なんだなあと、あらためて思った。

つまり、ふだんは縁のない場所なのだ。

とはいえ、バブル全盛期（といえば、わたしが大学を卒業して就職したてのころ）にオープンしたそのホテルは、それはそれはデートで人気のシティホテルだった。芸能人が泊まっていることが多く、とても著名な映画評論家が、晩年、住んでいたのもここではなかったか。

チェックインしたのは四時ごろだった。

誰もいないかと思いきや、そうでもなかった。やはり、外国人の姿がそれなりに多いのだが、こんな時期に、観光というのは考えにくいから、彼らは仕事で来ている人たちなのだろう。

ホテルはインターネット環境もいいし、部屋にはなかなか座り心地のいいチェアもあっ

て、狙い通り、執筆はサクサク進む。

進んだはいいが、ハッと気がつくと、もう八時を過ぎている。緊急事態宣言下の東京なので、八時には飲食店が閉まってしまうのだ。

ということで、一泊目はインルームダイニングを頼んだ。部屋に折り畳み式のテーブルが運ばれてきたので、ナイフやフォークを使って、ニース風サラダだの、ステーキハウスのハンバーガーだのをいただく。おいしい。ちょっとぜいたくな巣ごもりって感じ。赤坂や六本木が近いのに、飲みに行くという選択肢はないから、まあ、ほんとにカンヅメ向きの状況だ。

そのあとは、また少し仕事をして、資料を読んだり、ちょっとテレビを見たりして、お風呂に入って就寝。

翌日は、少しゆっくり起きて、マスクをつけてロビーラウンジに朝食を食べに行く。入り口で熱を測り、アルコールを手にスプレーして、使い捨てのポリ手袋をつけ、バイキングの朝食をとる。よくわからないままに予約したのが部屋食に変更できないプランだったので、ラウンジで食べることになったのだが、さすがにディスタンスを確保できるほどの人数しか食べに来ていない。

朝食のあとは、煮詰まりすぎてもいかん、せっかく都心に泊まっているのだからと、映画を観に行った。西川美和監督の『すばらしき世界』。映画館のある複合施設には、本屋さんもあるので、こちらにも。書店と映画館には、それなりに人がいたけれど、同じ施設にあるお洋服屋さんには、ほとんど人はいない。

それでも、映画館、美術館、書店のある複合施設にはかろうじて人が集まっていたが、ファッションブティックと飲食店しかないホテルのエリアの施設は、ほんとに誰もいなかった。

戻ってまた執筆開始。予定枚数を書き終え、今日こそ外で食事をしようと、時計を睨《にら》んで街に出る。五時四十分。お目当てのトルコ料理レストランに行く道すがら、高級フランスチョコレートをちょっとだけ買った。

とうぜん八時に閉まる予定のトルコ料理店、ほかにお客さんはゼロ。メニューも昼（テイクアウトに対応）と同じセットメニューのみだったけれど、ヨーグルト入りチキンスープ、チキンケバブ、キョフテ（トルコ風ハンバーグ）、サラダにバターライスはほんとにおいしくて、お店のインテリアと音楽、トルコ人の給仕さんのおかげで、少しだけ、外国旅行気分を味わえた。でも、わたしがいる間、一人も来客はない。おいしいのに。コロナ後も生き残ってほしいから、テイクアウトランチでも買いに、また来ようかと思う。若干、家から遠いけど。

怪我《けが》の功名じゃなくて、なんというべきなのかわからないけれども、この状況でちょっと得をしたのは、最終日の午前中に、お土産が手に入ったこと。予約なしではほとんど買えないというオーストリア銘菓、すぐ完売してしまうので幻とも言われる老舗豆大福を苦もなく購入し、幸せな気持ちで帰路についた。

しかし、望ましいのは、こんなに容易には人気商品が買えないような東京の活気が、この街に戻ってくることなのだろうと、お茶を淹《い》れながら考えているところである。

2021.6 ~ 2022.5

第 4 章

孫娘、ばーさんから「刑務所脱出カード」を買う

運動不足も二年目に入りました

　フランスに住んでいる姉が、かわいい写真を二枚送ってきた。よく似た写真で、両方ともカエルのぬいぐるみが窓辺により、外に向かって片手を上げている。外はちょっと雨。

　間違い探しみたいによく似た二枚の写真に、「2020年　3月」「2021年　3月」と、それぞれ書いてある。

　で、二〇二〇年のカエルの二倍くらい、おなかとお尻が大きくなっているのが、二〇二一年のカエルなのだ。

　そうだよねえ。

　地球規模で、カエル、じゃなかった、人類の総体重はいちじるしく増えたよねえ。

　コロナも二年目に入り、運動不足も二年目に入りました。まあ、運動不足はそれ以前からとも言えるんだけど、やっぱり「ステイホーム」は確実に人を太らせる。

　気をつけてはいるんだけれど、二キロほど増えた体重は、いまのところもとに戻らない。

そのせいか、腰痛、背中の痛みもある。あるというか、慢性的な感じになっている。

しかし、よいこともあった。

よいことというのかどうかわからないけれども、以前からステマのように自慢している、例のフォームローラーの新しい使い方を発見した。体の側面を下にして横になり、脇の下にフォームローラーを入れてゴロゴロやる。このあと、脇腹をやっぱりゴロゴロやると、劇的に肩と背中の痛みが緩和されるのだ。

フォームローラーの役割は、ようするに「筋膜リリース」というのをすることらしいんだけれども、この「筋膜」とはなにかというと、鶏肉を買ってきたときに、皮と肉の間にくっついている、薄い半透明の膜、あれのことらしい。ほとんどの成分は水で、骨や内臓や筋肉を包み込んで支えているものなんだけど、これが筋肉やなんかとくっついてしまうと、円滑な動きができなくなって痛みが生じるのだそうだ。「筋膜リリース」というのは、べたっとくっついた筋膜を筋肉などからはがして、その働きをよくしてやることらしい。

でもって、背中がひどく痛むのは、肩甲骨から腰にかけて広くあるところの、広背筋とか、外腹斜筋とか、下後鋸筋《かこうきょきん》とか、そういういろんな、舌を噛《か》みそうな名前の筋肉が、動かさずにいたためにくっついちゃっているからなんだそうだ。

これが、背中ばっかりゴロゴロしていても、なぜだかほぐれないんだけれども、脇の下から脇腹にかけてを、ていねいにゴロゴロしてやると、すごくラクになる。手を上に上げるのもラクになるから、肩も動かしやすくなるし、呼吸も深くなって、いいことずくめ。

ほかに、コロナで覚えたことといえば、やはりオンライン環境の充実でしょうか。

昨年のいまごろは、みんな右往左往していた。フランス生まれで日本に留学中の姪も、大好きな渋谷や原宿に出かけていくこともままならず、とにかくぶつぶつ悪態をつきながら、Ｚｏｏｍでのオンライン授業をこなしていた。それでも姪みたいに若い子はなんでもなくこなしていたようだけれど、わたしの周りには教わるほうじゃなくて教えるのを仕事にしている人も多いので、あっちからもこっちからも、オンライン授業が上手にできない先生たちの悲鳴が上がっていた。

「今日もうまくつながりませんでした」

「途中で切れてしまった」

「誰が出席で誰が欠席か把握できない」

「用意していたパワーポイントのデータが全部消えてしまった」

「ぎゃー！！！」

フェイスブックを開けると、愚痴大会みたいな感じだった。

かくいうわたしも、Ｚｏｏｍ取材、スカイプ取材などなど、こなしました。オンラインでの文学賞選考会もやったし、世界各都市をつないでのトークセッションの配信なるものもやった。手を出していないものもあるけれど、このコロナという状況がなければ、オンラインで行われるもろもろに関する経験値が上がることはなかっただろうと思われる。わたしみたいに、ものぐさな人間は。

魚の捌《さば》き方を覚えた。

あまりコロナと関係ないけど、おうち時間を充実させようと思うと、がぜん、興味は料理に向かう。気がつけば、ホールスパイスの数も増えている。

それと、植物。

わたしはおもに、食べる専門なので、カレーリーフだとかローズマリーの鉢なんかを増やしているのだけれど、なぜだか夫が知らぬ間にチューリップだのヒヤシンスだの薔薇だの育てていた。いっしょうけんめい、生えてきた雑草（ノボロギクだと思う）を「オレが植えた種のどれかだ」と大事に育てていたのはちょっとご愛嬌だったけれども、長いつきあいだが、園芸好きになるとは思わなかった。

そういうわけで、二年目に入った蟄居《ちっきょ》生活、それなりに楽しめるところは楽しんでいるのだけれども、いったい、いつまで続くのだろうと思うと、太ったカエルくんと愚痴大会を始めたくもなってくるのである。

ワクチン狂騒曲と姪の就活とオリンピック

海外に住んでいる友達が、ワクチンの話題で盛り上がっている。アメリカやヨーロッパに住んでいる友人たちの間では、こんなメッセージが飛び交っていた。

「一回目をやった」

「二回目終了！　コンプリート！」

「ファイザーが確保できなくて、アストラゼネカになりそうなんだけど」

「うちはモデルナ」

「ファイザーを打ってもらうには裏技があってね、ファイザーしか扱っていない接種会場に、夕方行って直談判するの。保存がきかないから、解凍したぶんは使ってしまわないといけないから、余ってたら打ってくれる」

「ええ、ほんと？」

「うちの国ではそうだけど、ほかはどうかなあ」

それが、二週間ほど前のこと。

こうした、ワクチン接種先進国では、すでに接種が終わったり、二回目の接種の目途も立ち、日常生活が戻ってこようとしているらしい。変異種にワクチンが効くかどうかという、不安材料もなきにしもあらずだけれど、おおむね、だいじょうぶという雰囲気である。

フランス在住の姉も、夏休みに帰国しようかしらというメールを寄越した。

「あなたはどうするの？　こっちに遊びに来るなら、日程を調整するから」

みたいなことを言ってくるのだけれど、日本に住んでいる人間としては、夏休みに海外に遊びに行くという感覚は、まったく取り戻せないでいる。

だって、ワクチン、打ってないもの。

先日、八十九歳の母に、住んでいる町の役所から「ワクチンクーポン」が届いた。

クーポンというと、なにかおいしいものが割引で食べられるみたいな感じがする。しかし、ワクチンクーポンはおいしくもなんともない。長たらしい数字を打ち込んだり、電話で読み上げたりして、ワクチン接種の予約をするのだ。

わたしは朝から時計を睨《にら》んで母のための予約をするつもりだった。

しかし。

母のところには、留学中かつ就活中の姪がいる。これがフランス生まれフランス育ちなのだけれども、なにを思ったか日本で就職すると言いだした。現在、ファッション専門学校最終学年の彼女は、しかし、日本式の就活なんてものは、なにも知らなくて毎日大パニック中で、なにかあれば、叔母さんの出番となる。

エントリーシートがどうの、ウェブ論文がどうの、グループディスカッションがどうのこうのと。そのたびに生ける字引のごとく（といっても、よく知らないんだけど、ネットで調べたりして）姪に語彙解説をしていた叔母たるわたしは、ふと、時計を見上げ、「ワクチン予約開始」の時間を過ぎていたことに気がついた。

うわー、いかん、おばあちゃんのワクチンがあああ！

ということで、もちろんそれから母といっしょにそれぞれ携帯を握りしめ、わたしは同時にパソコンに張りついて予約サイトにアクセスも始めたんだけど、みなさんご存じのように、サーバーが混んでるのでやり直せとか、お電話がかかりにくくなっておりますとか、そんなことで半日が過ぎた。

もういや、疲れた、やりたくない。

というところに、またしても姪があらわれて、就活情報サイトに登録ができないとかなんとか言いだす。

なに、この、不毛感。インターネットのなにがストレスかって、登録できませんだの、IDをどうしろだのパスワードが違いますだのって、さんざん「上を見ろ、右を見ろ、下を見ろ、バカを見ろ」みたいな目に遭わされるんですよ！　なんなの、これ。

さすがに現代っ子の姪は、指紋認証だの、PDFの圧縮だの、CADだのイラストレーターだの、わたしにはなに一つわからないことも駆使して、いろいろやってのけるのではあるが、登録できませんにはイライラしていた。

ともあれ、姪のごたごたもなんとか解消し、夕方五時を過ぎてネットにアクセスしたら、なんとか母のワクチン予約も完了して、へとへとになった一日であった。やれやれ。

そんなこんなで、母の接種の一回目が五月中旬、二回目は七月頭くらいだろうか。となると、わたしたちに接種の順番がまわってくるのはまだまだ先だろう。

そうこうするうちに、東京オリンピックたらいうものは、開幕するではないか！

どう考えても無理がある。

フランス在住の姉が言うには、日本は欧米に比べて発症者数も死者数もずっと少ないので、「（オリンピックを）やるなら日本なのかな」と、海外の人たちも思っていたのだけれど、ここへきて日本のワクチン接種率が一％（四月末時点）と聞き、みんな驚愕して「無理、無理、ぜったい無理」と言い始めたそうだ。

看護師五百人とかスポーツドクター二百人とか、オリンピックのために募集しているのも、不安すぎる。医療現場はそれどころではないはず。

不安のうちにＧＷ《ゴールデンウィーク》が過ぎていく。

もうすぐ夏、という時期のお野菜保存パラダイス

山椒の実がスーパーに出ていたので買ってきて、下処理をする。まず色止めのために水につけて、それから薄い塩水で茹《ゆ》で、枝から実を外して冷水に一晩つける。

あとは、よく水気を切ってから、小分けにしてラップに包み、冷蔵庫に入れておく。これで一年分の山椒を確保したので、気分がいい。時間のあるときに佃煮やちりめん山椒を作ることを夢想するのも楽しいし、最近のお気に入りは、丸のまま麻婆豆腐に放り込むことだ。花椒じゃなくてもじゅうぶんおいしい。

こんなことを昔からやっていたわけではなくて、しかしコロナのせいとも言い難く、なんとなくこうした「保存食」的なものを作っておきたい気持ちが芽生えたのは、なんだろう、やっぱり年のせいか。

わたしの母は仕事をしていたので、家事にそれほど手はかけなかった。梅酒と梅干しくらいは漬けていたこともあったが、それも毎年というわけでもない。

だから、わたしの「保存食」作りは母由来というわけでもなくて、たいていがネット情報なので、母から娘へとか、伝統、みたいなありがたみもない。でも、黙々と手仕事をしている感覚が好きで、ときどきむっくりと作業に入る。

そろそろ梅も届くので、こちらはジュースにするつもり。友人のお母さんが仕込んだ三十年ものの梅酒（いただきもの）がもう少なくなってきたから、今年は梅酒も作ろうかなという気がないでもないんだが、消費量を考えるとジュースのほうがいいような気がする。

もうすぐ夏というこの時期は、青々とした柿の葉っぱが目に鮮やかでもある。

何年か前に、某雑誌のエッセイに柿の葉鮨のことを書いたら、あんた、あまりに幸せそうだったからおすそ分けと言って、友人が柿の葉を送ってくれた。ありがたいことです。さっそく作って食べた。柿の葉は実家にもあるから、今年は二回作ることになるだろう。二回と言わず、三回でも四回でも作りたいこの柿の葉鮨は、文豪谷崎潤一郎由来の正統派レシピ……が、かなり変化を遂げたものなのだけれども、おいしいことは間違いない。

檀一雄の『檀流クッキング』にも登場する、谷崎潤一郎のレシピは、『陰翳礼讃』に書かれているもので、新巻鮭と塩で味つけしたごはん（酢飯ではなし）を使う。わが家の柿の葉鮨は祖母が谷崎レシピを再現したところから始まっているので、伝統的には新巻鮭を使用していた。祖母は若かりしころにかるた会だか歌会だかなんだかで谷崎潤一郎を見かけたことがあり、彼女が見かけたのだと思うけれども祖母に言わせれば「谷崎がこっちを見ていた」というような話でもあって、ともかく、同時代人の人気作家は気になる存在だったこともあるのだろう。そして食べるのが好きだったことも手伝って、「本に出ていたあれを作ってみましょう」ということになったらしい。

時代が下って今日、わが家で採用されているのは、ごはんはふつうに酢飯、そして鮭は冷凍処理後の生食用鮭である。新巻鮭よりもアニサキスの危険がないと魚屋にすすめられて以来、ピンク色のおいしそうな鮭を冊《さく》で買ってきて塩を振って半日くらい置いておき、それを薄く切って使っている。洗ってよく水気を取った柿の葉の表に、ピンクの鮭を載せて、その上に握った酢飯を重ね、柿の葉で包む。ホーローの保存容器にぎゅうぎゅうに詰めて入れて、重しをして一晩置いたら出来上がり。ぎゅうぎゅうに詰めることによって、鮨の成形が多少ヘンでも、なんとなくかっこうがつく。

まあ、こちらは保存食といっても、もって二日くらいなもので、たいていはあっという間に食べてしまう。

そろそろお味噌の天地返しの季節でもある。

味噌は手前味噌のほかにちゃんとプロのお味噌も買っていて、数年前から長野の農家さんが作っているものを取り寄せている。いつもこの時期。ちょうど手前味噌が切れるせいもあるが、農家さんが六月には夏野菜が採《と》れるから、それといっしょに送るとおっしゃる。

なにが入るかは事前にはわからなくて、採れたものが送られてくる。トマト、ナス、ズッキーニ、バターナッツかぼちゃ、青唐辛子、オクラ、あとはビーツなんていうのが入っていたこともあった。ビーツはボルシチに入っていることもあって、北のほうの野菜、季節は冬のようなイメージがあったけれど、夏も収穫期なんですってね。年に二回採れる。しかもわりと土地を選ばずできるらしく、南国料理にもビーツはよく使われる。採れたてビーツはよく洗ってから皮つきのまま下茹でしておかないと。

三宅島から送られてくるサンマルツァーノトマトでトマトソースも作らねばなるまい。

などなど書いていると、思わず口元がにんまりしてくるのを止められない。そうそう、農家さんから野菜が来るようになって、大量に来る野菜の保存法を学んだというのが、もしかしたら夏前に保存食を作るようになった直接のきっかけだったのかもしれない。

夏は野菜がいっぱい採れて、それを上手に長持ちさせて食べるって、なんだか考えるだけで楽しいではないですか。

「亡命〇〇料理」が連れてくる新しい時代

昨日はネットでちょっと話題になっていた、「帰れ、鶏肉へ！」という料理を作った。少し前だけれど、この、たまねぎと鶏肉を水なしで蒸し煮にするレシピが、『亡命ロシア料理』という本から抜粋され、ツイッターかなにかで拡散されていたので、ご存じの方もあるかと。

『亡命ロシア料理』は、みんなが忘れたころにひょんなことから話題になる不思議な本だ。ソ連からアメリカに亡命した二人の文芸批評家が書き手で、故郷の味を懐かしみながら、ウイットのきいた文明批評も披露する、もちろんレシピも載っているなかなか楽しい本だ。

「帰れ、鶏肉へ！」のレシピはとても簡単で、厚手の鍋にバターひとかけ、鶏もも肉とたまねぎどっさり、そしてローリエと粒胡椒《こしょう》を入れて弱火にかけるだけ。水はなし。調味料は、お塩を適当にといった感じ。一時間半ほど煮込むと、まろやかで濃厚なスープに包まれた、ほろほろの鶏肉料理が完成する。そして、たまねぎの甘いことといったら！

本には、亡命ロシア人物書きの、鶏肉への長々しい屈託が大仰に綴られていて、すごくおかしいのだけれど、それはさておき、料理はとてもおいしい。

うちには『海を渡った故郷の味』という、難民支援協会の出した本があって、それは、日本に亡命してきた人たち（亡命、という言葉を聞くと少しびっくりするけれど、自分の国では暮らせないと思って日本にやってきて、難民申請をする人は毎年一万人くらいいるという）が、故郷の味を再現した料理を紹介したものだ。食材も、日本で手に入るものを使っているので、真似して作ってみることができる。

コロナで外出が制限され、飲食店にもなかなか行けなかった間に、「東京・高田馬場にあるミャンマー料理店を応援しよう」という、ネットプロジェクトを支援した。高田馬場には、リトル・ヤンゴンと呼ばれる、ミャンマー料理や雑貨店の立ち並ぶエリアがあるのだ。そこには、文字通り難民の方が経営しているレストランがある。コロナの影響ももちろんだけれど、ミャンマーは軍事クーデターが起こってたいへんなことになってしまっているから、難民の方や、困難な状況にあるミャンマー出身の方への連帯の気持ちを示すために、大学生の人たちが立ち上げたプロジェクトだった。いくらかのお金を前払いし、そのかわりにクーポン券のようなものが送られてくるシステムで、緊急事態宣言が緩和されたころに、お店を訪ねた。「お茶の葉のサラダ」というのが名物料理。お茶の葉って、サラダにするもんなんですね。いろんな野菜とピーナッツが入っていて、不思議に懐かしいような味。それと「モヒンガー」という汁麺と、鶏の骨付きモモ肉をスパイスで煮込んだものと、ピラフみたいなごはんをいただいた。ミャンマーといっても、ビルマ料理とシャン料理では違う、なんてことも、高田馬場のレストランが教えてくれたことだ。

思えば、ほんとに、いろんな国の人が日本に来ていて、いろんな国のごはんが食べられるようになった。タイ料理なんかがエスニックと呼ばれて、気軽に食べられるようになったのは三十年くらい前からだと思うけれど、たしかにこの三十年くらいで、日本で食べられる各国料理は激増した。いまは、アジア各地の料理のほか、中東料理の店などもよく見かける。

それは、亡命してきた人も含め、それだけ海外からやってきて定着する人の数が増えたことによるのだ。いま、日本に在留している外国人は二百九十万人くらいいるらしい。これは、広島県の人口と同じくらいなんだそうだ。聞いたところでは、新宿区のある中学では、外国籍の子どもが全体の二割、日本国籍であっても、日本語以外を話しているという家庭の子を合わせると、全体の五割に上るという。

　じっさいに、これを読んでいる方の中にも、ルーツは海外にあるという方もいらっしゃるだろうし、友達の家の家庭料理は日本料理ではない、という方は多いに違いない。

　まあ、考えてみれば、毎日、日本料理ばかり食べているという人のほうが、珍しいだろう。カレーだってラーメンだって、もとはといえば日本のものではない。そして、日本はいつも、海外の文化を好きなように取り入れて、自国の文化を作ってきた国でもある。

『亡命ロシア料理』に話題を戻すと、その冒頭の「日本語版への序文」にこんなことが書いてあった。

「民謡と同じように作者不明のレシピは、一種の象形文字であり、その中には異国の経験と叡知が暗号のように埋め込まれている。料理というものは一番大切なことについて語ってくれるだけではない。それはうっかりと口をすべらせ、普通は人に知られることのない秘密まで語ってくれるのだ。——中略—— この視点からわれわれの料理を見るならば、料理のほうが自分では夢にも思わなかったようなことを少なからず発見できるだろう。」

さて。いろんな土地からやってきた人たちがおおぜい暮らす国となったいま、わたしたちはそれらの料理からなにを発見することになるのだろう。

「脂質検査」に赤字が並ぶ人間ドックの成績表

人間ドックに行ってきました。

じつに、これが、五年ぶりくらいのことなのである。この年になれば、一年に一度はやっているべき健診。ああ、だけど、その「べき」をやっていないだけに、ものすごく悲惨な結果が待っているのではないかと怖くなり、「行こう」という気はどんどん遠のく。勤め人ではないので、職場が健康診断を実施してくれるわけでもないし。自治体からはお知らせが舞い込むのだけれども、見ても気が重くなるばかりだし。

そんなこんなで五年ですよ。

しかし、覚えのある方もいらっしゃると思うけれども、こうした健診を受けるメリットは、「受けて悪い数値が出ると嫌だから、少し、なんとかしよう」と、事前に思うことなんではないだろうか。

かくいうわたしも、検査日を予約してから二カ月ほど、こっそり（って、べつに誰かに話すもんでもないと思うけど）糖質を少し減らし、おやつを制限し、筋トレの量を増やした。コロナ禍のせいでしっかりと体重と贅肉が増えてしまったので、そのままだと五年前と比べても相当悪い結果が出そうで怖かったのだ。

それまで十回、適当な時間にやっていたスクワットを三十回に増やし（まぁ、いきなり増やすのはちょっと問題かとも思うけれど、これだけはコロナ移動制限中唯一の運動としてここ二年くらい続けていたから、少しは筋肉ができていたんだろうと思う。わりに、すんなり回数を増やすことができたのだ）、それも、しっかりたんぱく質を摂《と》った昼食の一時間後に行うことにして、実践した。急激な血糖値の上昇や、中性脂肪値を抑えるとかいうことを、ネット情報で目にしたからだ。ほんとだかどうだかよくわからないけど。八千歩くらいの散歩も心がけようかとは思ったが、こちらは挫折。

どこまで効果があったかわからないが、体重は検査日までにちょうど一キロくらい落ちた。たったの一キロだけど。

人間ドックに行くのが嫌だったのは、前回、けっこう不愉快な思いをしたせいでもある。

場所はとある大学病院で、受付にいた看護師さんが、とても怖い人だったのだ。尿の採取を忘れてきた患者さんがいて、その人をネチネチ、ネチネチ怒っている声が待合室に響いて、いたたまれない。だって、その初老の女性が尿検査を忘れているなんてことは、待合室中の人が知るべき情報ってわけじゃないだろうに。その、サドっぽい看護師さんのことが忘れられなくて。今回は、別の医療機関を予約した。

東京の下町にある、比較的新しい人間ドック専門の施設は、とてもシステマティックで、真ん中に待合室があって、それを囲むいくつものドアの向こうが、それぞれの検査室になっている。血液採取が終われば、出てきてそこに座り、呼ばれれば腹部超音波検査のために別のドアを開ける、といった感じ。

気づいたのは、全員が女性医師と女性看護師。それがいいのか悪いのか、ちょっとにわかには判断しかねるけれど、てきぱき働いている女性たちには好感が持てて、幸い、意地悪な人もいなくて、全体的に明るくてフレンドリーな雰囲気のある施設だった。時間のロスもなくスムーズに終わった。うん、人間ドック専門施設というのは、もしかしたらいいのかもしれない。

そして二週間後、結果が出てまいりました！

こういうのは学校で「成績表」をもらっていたころを思い出す、ドキドキ感がある。いまは、正式な通知がある前に、スマホアプリで「速報」を出してくれるという不思議なシステムがあり、これに登録していたので、ちょっとは結果を知っていた。血液検査の結果の肝機能の数値なんか、悪くない。だいたいが正常値。やはり、二カ月間気をつけて、ごはんを少なめにして野菜を補っていた甲斐《かい》があったのであろう。

と、思って、どちらかといえば前向きに結果を待っていたのだけれども、総合評価は「D（要診察）」とあって、がっかりした。

でもまあ、よくよく読むと、診察が必要な項目は一つだけで、おそらくは持病の橋本病に関係するものだろうと思われるから、それ以外のものは「A（異常なし）」「B（軽度異常）」「C（要経過観察・生活改善）」の範囲内で、「A」がもっとも多かったから、まあ、そんなに悪くないかなと思うような結果だった。

そして、いまは、斜め横に置いたこの診断結果報告書をちらちら眺めているところ。

「C」ね「C」。

ほんとにきれいに、「C」は肥満度を指しているわけですよ。BMI、体脂肪率、HDL‐コレステロール。中性脂肪が「B」だったけど、きっとかぎりなく「C」に近い「B」なのではないかと思う。【脂質検査】という項目だけ、注意を喚起する赤文字が並んでる。

いちおう、やったんですけど、駆け込みダイエット。その結果が、かろうじての中性脂肪「B」診断なのか?

やっぱりなんだか怖いので、気をつけて一年過ごして来年も受診しよう、人間ドック。と、思わせてくれる体験でした。

その後の仁義なきワクチン騒動あれこれ

数カ月前に、ワクチン狂騒曲と題して、海外での接種のもようと、わが八十代の母の接種予約のドタバタを書いたのだけれども、あれからもいろいろとワクチン騒動は続いている。

わたしが住民票を置いている都内某区では、六十歳以上の接種予約が終わると、ただちに十代から二十代の予約を取り始めた。動き回って感染しやすい若者からさっさと打ってしまおうという作戦だ。

しかし、そうなるとわたしのように「五十代後半」というのは、いちばん最後に回されていまう。というか、三十代から五十代という、働き盛りがまるっと残される形になった。

ここでいったん、ワクチンの輸入がストップしてしまって、多くの人が予防接種を受けられないまま、オリンピックが始まったのは、周知の事実。いま、これを書いている時点で、パラリンピック開催中だけれど、それでもかなりの人が未接種のままでいるはずだ。

残念ながら感染力の強いデルタ株の犠牲になったのは、四十代、五十代が多い。もっと若い世代にも牙《きば》を剝《む》いているのが、おそろしい所以《ゆえん》でもある。

もちろんワクチンに関しては、「受けたくない」という人もおおぜいいる。とくに、DNAに作用するみたいなことが言われているコロナのワクチンは、なんとなく怖くて受けたくないと思うのも無理からぬことではある。

ただ、「ワクチンはDNAを書き換えてしまう」というような漠然とした恐怖は、持つ必要のないことらしい。コロナのワクチンであるmRNAは筋肉注射で、体の中に入るとヒトの細胞システムを使って抗原タンパク質というのを生成する。ここまでがワクチンくんのお仕事で、仕事を終えると分解されるのだそうだ。ワクチンくんの仕事が終わると、ヒトの免疫システムが仕事を引き継いで、抗原タンパク質を異物と認識し、それと戦う免疫を作る。だから、ワクチンくんが直接、わたしたちのDNAを操作するわけではない。わたしたちがいきなり「遺伝子組み換え人間」になっちゃうわけではないのだ。

しかし、このワクチン接種で得られる免疫力も万全とはいかず、接種したのに感染することもある。そう聞くと、なんだかなという気持ちになり、また、接種しようという気持ちが遠のくが、ともかく重症化や死亡の危機はかなり回避されるらしい。

もう、秋になるし、文化芸術の秋ともなれば文学関連のイベントも増える。いつまでも閉じこもっているわけにはいかないから、やはりここはワクチンを打っておくべきだと、わたしは考えた。でも、前述したように、自治体では打ってくれない。予約もストップしている。

自衛隊のやっている大規模接種センターの予約もトライしてみたけど、予約時間一分前には、もうオンライン予約サイトにつながらないじたいになっていて、一時間待って「本日の予約は終了しました」ときた。再開した自治体の接種予約も同じようなもの。

どうしようかなと思っていたころに、文化庁が行う、文化芸術に従事するフリーランサーのための職域接種があるという情報を得た。うん、まあ、これなら、だいじょうぶかも。予約当日は、パソコンの前で長期戦を覚悟した。結局、一、二時間、粘ったら、予約できてホッとしたのだった。

接種場所は六本木の国立新美術館。モデルナ製のｍＲＮＡワクチン。知人は高熱を出したの、寝込んだの、腫れたのと、かなりな副反応だったたので、、仕事も入れずに自宅待機していたが、鈍いのかなんなのか、腕が痛いだけ。

気をよくして家人に自慢などしていたら、四日ほどして仰天のニュースが目に飛び込んできたのだ。

「モデルナワクチン、異物混入！」

え？　え？　え？　なんですって？

見れば、わたしの接種したロット番号が、ニュース画面に映っているではないですか！

子どものころからくじ運が悪く、なんにも当たったことなかったのに！　会社員をしていたころ、その年を最後になくなってしまった社員旅行の余興で「全員に当たります！」というふれこみでやったビンゴ大会ですら、なんにも当たらなかったのに！

と、ショックを受けていると、姉が「全員に当たるビンゴで当たらないのと、異物混入ロットに当たっちゃったのは、むしろ共通性が」と冷静なツッコミを入れてきた。

ガーン。あんなに苦労して予約して、ようやく受けた接種だったのに。そのロットのワクチンを接種した人に、いまのところ健康被害はないようだが、同じときに接種を中止した別のロットのワクチンを接種した人には死者が出ているので、笑い事ではないのだ。

まあ、こうなったら毒を食らわば皿までの覚悟で、九月にある二回目の接種も受けるつもりだけれど、わたしたちはみんな、わりあいと危険な状況を綱渡りしているようなところがある。

多くの犠牲者を出して、世界の歴史を変えてしまったスペイン風邪以来の、百年ぶりのパンデミックの渦中にいるということは、けっこうきわどいことなのだとあらためて心しておこう。

上高地を散策し、長野の農場で野菜を収穫する

長野県松本市に用事があって車で出かけた。そしてせっかく東京から松本まではるばる来たのだし、ちょっと足を延ばして自然を満喫してから帰ろうと、上高地に宿をとった。

上高地は、中部山岳国立公園の一部で、特別名勝、特別天然記念物に指定されている景勝地。昭和五十年以降はマイカー規制がなされているので、自然の景観がそのまま残されている。

だからあちこちに「ツキノワグマ目撃されました」の注意書きが掲げられたりしているのがおもしろい（そしてちょっと怖い）のだけれども、幸いなことにクマには遭遇せず、お猿さんのグループに出くわした。

芥川龍之介の『河童』は、幻想的で風刺のきいた作品だが、語り手が河童の国に迷い込むきっかけが、上高地の河童橋だったことなど、すっかり忘れていた。でも、たしかに、

この地で霧が立ち込めたら、どうかすると河童の国か、少なくとも猿の世界に迷い込んでしまってもおかしくないようなところではある。

なんといっても感動的なのは、マスクを外して深呼吸したときの、木と草と土の匂い。なんともいえずいい匂いがする。

白樺やカラマツの林があり、足元には熊笹や蕗《ふき》らしきものが生えていて、梓川の蕭々《しょうしょう》たる水音が聞こえる中を、クマよけの鈴を忍ばせて散歩していると、ふだんよりずっと体を動かしているはずなのに、こわばりや疲れが取れてくる気がする。

登山を楽しむ人なら、ここから穂高岳や焼岳などに挑戦するのだろうけれど、わたしは周辺のハイキングだけでもじゅうぶん楽しかった。自然が保護されているだけではなく、散策路や橋などもていねいに整備され点検されているので、スニーカーで歩き回れる。水がほんとうに澄んでいて、底の石がきれいに見える。

こんなことも、ずいぶん長いこと、できなかった。もちろん、これから先も、また感染者数が増えないとも限らないし、ウイルスを根絶する方法が見つかったわけでもないから、いつでも自由気ままにどこにでも行ける世界が戻ってきたとは言い難い。

でも、とても長いこと、旅に出て自然の中に身を置くという経験から遠ざけられていたから、ああ、こういうことを取り戻したいと強く思う。そして、それだけでなく、自然が自然のままにあることの価値についても、考えることになった。だってたしかに、移動が制限され、社会活動がストップしたら、空が青くなり、自然環境が改善されたことを目にしたので。

帰りは、少し遠回りして、やはり長野県にある、A農場を訪ねることにした。

ここは、家人の友人の友人が経営する農場で、うちは数年前から、お味噌と野菜をときどき購入している。近くまで行くので、野菜を買いに行かせてくださいと連絡すると、Fさんは、

「じゃ、ちょっと、いっしょに収穫しましょう」

と、連絡をくれた。

収穫?

Fさんの軽トラックの後ろにくっついていき、畑の脇に路駐する。そこにはたしかにFさんの畑があったのだけれど、草はぼうぼうに生えているし、トマトもナスもズッキーニ

もオクラもピーマンも同じ畑に並んでいて、なんとなくこちらのイメージするところよりも、ずっとワイルドで混沌とした感じだった。

無農薬栽培をしているFさんの畑の作物は、形も大きさもまちまちで、泥がついた状態だとそんなに素敵には見えないのだが、外の水場で汚れを落とし、袋に入れると、わー不思議！ ピッカピカでしっかりしていて、スーパーの頼りない野菜とは比べ物にならない立派さ。都心の「こだわりの無農薬野菜コーナー」でも目立つに違いないほど。しかも、トマトなんか、もう、びっくりするくらい甘いのである。

いろんな野菜がいっしょに植えてあるのも、隣り合わせで植えることで害虫を防ぐ、相性のよい野菜というのがあるらしい。無農薬だけれど、肥料はいろいろ工夫していて、それによって元気になったり甘くなったりするという。

段ボール一箱分の野菜を持って帰る。少しでもなんとかしておかないと、二人暮らしのわが家では余らせた挙句腐らせたりしかねない。まずは枝からパチンパチンと枝豆を切り離し、洗って、サッと湯がいて冷凍する（少しだけ、味見用に長めに茹《ゆ》でてつまんだけど、味が濃いのなんのって。なんでもおいしいFさんの畑。採《と》れたてだからというのもあるかもしれない）。

それからふぞろいのインゲン豆を、ニンニクスライスと赤唐辛子、そして花椒のかわりに夏に下茹でしておいた山椒を入れて、ちょっと沸かして冷ました４％の塩水に漬け込む。ザワークラウトを作るときと同じように、ジップロックを使っているので、面倒な瓶の煮沸とか一切なし。数日すれば酸味が出て、酢豆角《スァンドウジャオ》ができる。酢豆角炒肉末《チャオロウモー》を作るのだ！

豚のミンチと炒め合わせて、ごはんにかけてもりもり食べることを考えると、うっとりする。

この立派なピーマンはライス詰めにしてオーブンで焼こう、とか考えていると元気が出てくる。食べるだけじゃなくて、見ているだけでパワーをくれるんだから、自然の中で育つ野菜とは、ありがたいものである。

富士山、とん蝶、今井の親子丼にアイスクリーム

ワクチンがかなり行きわたったおかげで、死者や重症者の数が減ったのはありがたい。ただ、コロナは後遺症も怖い。夏、一日の新規患者数が全国で二万人を超えていたころに罹患し、中等症と診断されて入院できなかった方の中にも、強い後遺症に苦しむ方がいると聞いた。肺の一部が、かさぶたができたように縮こまって機能しなくなっているので、突発的に酸欠状態がやってきて、意識を失うというのだ。予兆もなく、そんなことが起きるので、どこでそれがあるか備えることもできず、歩いている途中で倒れたこともあるそうだ。

これから先の人生を、そうした後遺症を抱えて歩まれる方のことを考えると、ほんとうに胸が痛くなるし、罹患するのが恐ろしくなるのも事実だ。これだけ数字が落ち着いてきても、なかなか外に出て遊ぼうという気にならないのは、これから風邪やインフルエンザも猛威を振るう、乾燥と寒さの時期がやってくるから、というのもある。第六波がやって

くるのではという不安もぬぐえない。

ただし、いつまでも、ただただ引きこもって社会活動を断念して生きるわけにはいかない。

先日、証券アナリストの若い女性と話をしたのだが、彼女が分析しているアメリカの市場の動向を見ても、誰もコロナウイルスが完全に鎮静化するとは考えていないらしい。感染者は減る、でもゼロにはならない。だから、ライフスタイルの変化は止められない、もとには戻らないというのだ。

キャッシュレスは進行するし、ネットで物を買うのも、在宅ワークも、いまと同じかそれ以上に進むだろうと。ウィズコロナ、という言葉にはちょっと抵抗があるが、マスク、手洗い、うがい、ワクチン接種は、生活習慣にならざるを得ないのだろう。ワクチン先進国だったイギリスで、人々が堂々とマスクを外して活動を始め、感染者が激増したのを見ると、やっぱり大事なんだなあ、マスク、と思わざるを得ない。

でもなあ、マスク、息苦しい。息苦しくなければ、役割を果たさないんだからしょうがないけども。

ところで先日、一年ぶりに関西方面に出張した。ほんとにまるまる一年。少しずつ、少しずつ、社会活動を再開しつつある、このごろだ。外でお酒を飲むのも久しぶり。東京から新幹線に乗って、進行方向右側に富士山が見える。天気がよかったから、青い空に雲をいただいた富士山が、まるで浮世絵のように見事なお姿を見せてくれた。久しぶりとなると、富士山の雄姿はまことに美しくて感激する。そうだよ、これだよ、新幹線に乗って東海道を西へ行く醍醐味は。

出張先は和歌山で、和歌山出身の作家・有吉佐和子の関連イベントへの登壇が目的だった。諸般の事情で短い滞在になってしまったが、和歌山城の天守閣には登り、小説『紀ノ川』に描かれる眺望を見た。悠々と流れる紀ノ川が海に注ぐ姿は、ここまで登らないと見られない。

和歌山ラーメンも食べたし、お魚もいただいた。やはり、仕事といえども旅行はいい。

だけど、この出張で気づいてしまった。

自分がどんなに新幹線と新大阪駅でのルーティンを愛していたかに！

もう、まるっきり新大阪駅を出なくても、じつは自分は楽しめるのではないか、というくらい、わたしは新幹線と新大阪グルメが好きなのだ。

行きの新大阪着は十二時過ぎだったので、和歌山へ行く特急くろしおに乗り換える十五分の間に、わたしはキオスクへ走ってお茶と「とん蝶」を買った。

「とん蝶」は大阪の和菓子屋さんが作っている豆入りのおこわで、塩昆布で味つけしてある、ほかでは買えない名物である。縦長の三角おにぎりみたいな形をしていて、竹の皮を模したアルミ箔張りの包装紙に包まれている。ちいちゃなカリカリ梅が二つ入ったこのおこわは、お昼ごはんやスナックにぴったり。大阪以外では買えないので、京都出張のときにはわざわざ足を延ばして買いに行ったりしたものだった。

そして、帰りの新大阪駅も、ちょうど夜七時台の「じぶんどき」だったので、今度は「大阪のれんめぐり」に走っていって、「今井」で親子丼を調達する。もちろん、おうどんをいただくことも多い。道頓堀の本店も大好きだ。ともかく大阪の名店が集結した「大阪のれんめぐり」は、時間に追われる出張族の憩いの場所である。串カツもたこ焼きもねぎ焼きも洋食もうまい！　だけど、仕事を終えてつい入ってしまうのは、滋味あふれるお出《だ》汁《し》の「今井」、そしてつゆ多めのふんわり親子丼をいただく幸せ。

新幹線出張のトリを飾るのは、「スジャータ」のアイスクリームだ。冷えていて、ものすごく硬い。だから、小田原より手前で購入しないと、東京に戻ってくるまでに柔らかくならず、食べきれないで残すことになる。購入場所、だいじ。

富士山、とん蝶、今井の親子丼、スジャータのアイスは、東海道新幹線のルーティンである。これが戻ってくるのは、わたしにとってまさに日常を取り戻すってことで、とてもホッとする、そしてささやかな幸せでもあるのだ。

しばらくは、マスクとともに、そろりそろりと進むしかない。

これは胃にガツンときたかも「ソ連ビーフストロガノフ」

こうまで胃腸の調子が悪くなると、もはや食べることへの意識を転換せざるをえない年齢に達したと、あきらめるほかないのであろうか。

と、ちょっと悲壮な調子で始めてみたのは、ここ数日、胃がシクシク痛み、胸やけがして、食べ物があまり喉《のど》を通らない日々が続いているからだ。今日でそうですね、四日目。

朝起きて、強烈な吐き気に襲われたのが日曜日と考えると、土曜日に飲んだお酒がよくなかったに違いないとは思うものの、その日の夕食は味噌汁と里芋の煮っころがしと刺し身の盛り合わせだから、とりたてて胃に負担をかけるほどのメニューでもないし、もう、ここ二、三年、夕食の白米は、茶碗に半分しか盛っていない。

ふだん、お酒はほとんど飲まないのだけれども、ふと、あ、あれ、おいしかったんだったよねなどと思って、家にあった年季物の梅酒をストレートでくいくい飲んだ。あれがまずかったんだろう。

年季物は問題ないと思うけれども、お手製梅酒を分けてもらったので、広口瓶に入れたまま常温で保存していた。口に入れると、以前と違う酸味があるような気がしたんだった。口の狭い瓶に移し替えて冷蔵庫に入れるべきだったんじゃないだろうか。それとも、梅酒を悪者にするのは完全な筋違いで、生ものに問題があったんだろうか。いっしょに食べていた連れ合いは、なんともなかったんだけれども。ちなみに連れ合いは、みりんでも酔っぱらうタイプなので、お酒は飲まない。

ただし、つらつらと振り返ってみると、ちょうどその一週間前に、母の誕生祝いにと、ラクレットのお店に出かけていき、チーズ三昧の夕べを持った。車の運転があったので、飲酒はしなかったのだけれども、とろりと溶けたラクレットチーズをベーコンやソーセージやジャガイモにからめ、ふつふつと温かいチーズフォンデュにフランスパンや蒸し野菜をまぶし、そしてフィニッシュには鉄板で焼いた馬肉ステーキが出るというコースで、とうぜんながら、プチデザートもついた。満腹で、これだけ食べればもう、しばらく肉だのチーズだのはよろしいという気分にはなったのだった。

けれども、しばらく人に会ってなかったわけで、「そろそろ」みたいなものは続けてくるのであり、気のおけない友人との食事会なんてものは、ゆうに二年ぶりだったのだから、中二日でまた、フルコースを食べることになっていても、それはやっぱり外せない。

こちらは、サツマイモのパンケーキに生ハムを薔薇《ばら》のようにあしらったものが前菜で、それからエスプレッソみたいに泡立ったミルクののるきのこのポタージュ、メインディッシュは牛フィレ肉のステーキ、赤ワインソース、ポテトやら万願寺唐辛子やらミニトマトやらのソテーが彩りよく添えてある。

こういうものが出てきたら、飲まないわけにはいかないので、乾杯のシャンパンのほかに赤ワインを所望。デザートはアイスクリームと、ベリーを散らしたチョコレートケーキだ。

いいよね。久しぶりに友達に会うのって、いいよね。

話は尽きないし、お食事もおいしいし、人間、なんのために生きてるかって、こういう瞬間を味わうためなんじゃないのか。と、思いながら帰宅。至福であった。

その次の日とか、翌々日に何を食べたかは、よく覚えていない。塩鮭が一日、牡蠣のソテーが一日、それからなんだっただろう？

しかし、フレンチから刺し身と梅酒の日までの間に「ソ連ビーフストロガノフ」が入っていたことは、忘れない。

以前、こちらでも紹介した『亡命ロシア料理』の「帰れ、鶏肉へ！」が、すっかりお気に召した連れ合いが、いったいどこで見つけたものか、『社会主義グルメ』とかなんとかいう同人誌を持って帰ってきて、作ってほしいと言い出したのが、「ソ連ビーフストロガノフ」。

ビーフストロガノフというのは、もともと高級料理だったそうなのだが、その同人誌によれば、社会主義国ソビエト連邦になったときに、そんなブルジョワの食べ物はいかん、庶民に手が出せるレシピを作らねば、ということで、レシピ改良（？）がなされたらしい。

だけど、ソ連の庶民は、ずいぶんカロリー高いものを食べてたんですね。バターでたまねぎをこっくり色づくまで炒めたら、そこに牛肉の切り落としを入れ、小麦粉を振って炒め合わせ、サワークリームでさらに炒める。牛乳ではなくて、サワークリーム。小麦粉入れてからサワークリーム。どことなくべっちゃりした感じになる。それを、プラムソースで味付ける。プラムソースとは？　よくわからないから、梅干しとオレンジマーマレードをお湯に溶いて入れてみた。これを、茹《ゆ》でたたっぷりのポテトといっしょに食べるんだそう。

あのね、おいしいですよ。こんなの、おいしくないわけない組み合わせですよ。だけど、カロリー高いですよ。胃の負担大きいです。

考えてみたら、これでもかと痛めつけられていたのかもしれない、わたしの胃。

ごめんね、ごめんねと謝りながらも、早く治ってくれないと、食べたいものがいろいろ……。

家もないのに鉄道会社を買う？
正月のボードゲームに人生を学ぶ

これを書いている時点はあきらかに「あけましておめでとうございます」なのだけれども、雑誌というものの因果な性質上、お読みになるときはもう松の内はおろか、小正月もとっくに過ぎたころだから、挨拶《あいさつ》も間が抜ける。

しかし、年末に、海外在住の姉に送ったお餅や栗かの子の缶詰が正月までに届かなくても、「二月の旧正月までに届けば、アジア人として正月を祝う権利がある」という訳のわからない言い訳を思いついたので、それを援用してこの場をしのぎたいと思います。そう、旧正月までは、正月のうち！

それはそれとして、わたしにとって、今年最大の課題は、「実家のリフォーム」「母との同居」となるだろう。老母が今年、九十歳を迎えるので、さすがに一人にしておくのはどうかという思いもあり、完全同居に踏み切ることにした。

そうするにあたって、当面の課題は「実家の片づけ」なんですが、これはもう、なんというか、たいへんすぎる！　母一人で暮らしているのに（二年前からフランス育ちの姪が一時同居中ではあるものの）、すべての収納スペースに、なにかが詰まっている！　思い出とか。思い出とか。思い出とか！　これらを、しがらみを断ち切って捨てるのが至難の業だ。しかし、どうにかして捨てなければ、わたしと連れ合いの物が入らないのだから、がんばるしかありません。

というのも、母が住んでいる家はもともと祖母が住んでいた家（をリフォームした）であり、その家は、実は曽祖父が建てたものだったりするわけで、そうなると、「思い出」の積み重なりが、尋常ではない。それに、わたしの父が生家の蔵から持ってきた「思い出」なんかも加わっているので、なにに使うのかもわからないような品、なんて書いてあるのかも読めない手紙、みたいなものが多すぎるのだ。

とにかく家じゅう、ごそごそ片づけ（という名の発掘事業）をやっているから、いろんなものが出てくる。高校時代の日記だとか（捨てました）、小学校のときの習字とか。ま、そんな中で、ずいぶん長いことやっていなかったボードゲームなども見つかった。四半世紀はやった覚えがない、『MONOPOLY』というゲーム。まあ、有名なゲームなので みなさんもご経験があるでしょう。

正月は母、姪、わたし、連れ合いの四人で迎えて、たいしてすることもないので、じゃあこれ、やってみるかということになったのだ。ともかくルールブックを見ながら、わたしは銀行家を担当。

だけども、これ、お好きな方には失礼ながら、変なゲームなんですよね。ようは双六なんだけど、上がりってもんはなくて、ひたすら不動産を買い占めていく。土地を二つか三つ、買い占めないと家が買えない。だから、とにかく双六で駒が止まった場所の土地を買って、いつか家を建てようとかもくろむのだけれど、なかなか家を建てられるほどの土地持ちにならない。そんなこんなでサイコロを振っていると、あっというまに刑務所行きになる。理由もなく!

ところがこの刑務所は、次の回にお金を払うと、あっさり出てこられる。

なんだかねえ。これでなにかを学ぶ子どものことを考えるとねえ。ま、いいんです。なにからでも、学ぶことができるのが子どもです。

三回も刑務所行きになった孫娘が、交渉して祖母から「刑務所脱出」カードを金で買う、というような、すごい正月となった。そして、時間を区切らなければ永遠にやっていられるというのも、このゲームのすさまじいところ。

なぜこのゲームを買ったんだったか忘れてしまったが、購入時、わたしはすでに成人を過ぎた大人で、もっと小さいころに、それこそ年末の休みなんかに家族で興じたボードゲームには『人生ゲーム』があった。あれは、もっとずっとまともな人生を歩ませる（とはいっても、一文無しになったり、全財産を賭けての大逆転に打って出たり、みたいなものはあるが）ゲームで、少なくともホームレスのまま、不動産を売った買ったに興じるような内容ではなかったような。ただし、勤め人になって結婚し、子どもを持つのが前提で、まず車を持たされて走りだす、というのも、考えてみれば妙である。いまなら、多様な生き方に配慮して、こんな設定はNGだったりしないだろうか？

いまでもこんな内容なのかなあと思って、通販サイトをチェックすると、『人生ゲーム』って、「ドラえもん」とか「スポーツ」とか、いろんなバージョンがあり、最新のものだと「鬼滅の刃」バージョンが人気で、それは「ルーレットで紡ぐ鬼退治の物語」なんだそうだ。なにかこう、人生とはなにか、考えさせられるようなゲームの進化ぶりだ。

小学生のころ、お正月に遊びに行った友人の浦田さん（仮名）宅で『人生ゲーム』の銀行家をやらされた。ちゃぶ台の下から、何本もの手が伸びてきて、銀行家のわたしに金を要求する。こうしてこっそり銀行から金を融通させるというのが、浦田家（仮名）の独自ルールであるらしく、お父さんもお母さんもお姉さんもひらひらと手を伸ばしてきて、困惑しながら、目をつぶって金をつかませた思い出がある。

ボードゲームは人生を考えさせる。

右膝のこわばりに年齢を感じ、ストレッチポールに癒やされる日々

あいかわらず、粛々と、リフォームのための親の家の片づけは進む。進んでも進んでも、捨てても捨てても、なぜか不用品はなくならない。ありとあらゆる収納家具に、なにかが収納されていて、しかもそれは二十年近く、一度も使用されていない。まあ、それも仕方がない。

両親は現在の家に移る前は八王子に住んでいて、その家には二十代まで、わたし自身も暮らしていたのだが、そのころに自分の部屋に置いておいた荷物も、なにも整理せずに、現在の家に平行移動させて、一部屋につっこんだのだ。そのころわたしは超多忙な会社員で、実家に帰って整理を実行するなんていう考えは、つゆほども浮かばずに、実家に行けば、その真新しい部屋で、のうのうと惰眠をむさぼり、母の作ってくれるごはんをたらふくたいらげ、「また来るわ」と言い放って帰る生活をしていた。だから、わたし自身の

「不用品」も、そこには堂々とのさばっているのだ。

そういうわけで、実家を「不用品の城」にしているのは、なにも母ばかりではないわけだし、自分が暮らす空間を作るために、どうしてもその処分が必要なのは、とうぜんなのだから、文句を言う筋合いのものではない。

それで、文句を言う筋合いがどこに向かうかというと、大量の段ボールを抱えて、あっちへこっちへと移動する中で、にわかに気になってきた「膝の痛み」なのだ。

いやーね、ばばくさい。しかし、わたしはもはや二十代ではなくて五十代。しかも後半。

じつはこの、右膝の不調は去年の夏か春ごろにはすでに起こってきていた。わたしは、コロナのせいじゃないかと思っている。コロナにかかったというわけではなくて、コロナのせいで圧倒的に外出機会が減り、脚を動かすことが減り、座り仕事ばかりしているのがたたっている、という意味。

それでも、体だけが資本の仕事と思っているから、ピラティスと鍼は続けているし、家でのストレッチ、エクササイズもやってはいる。でも、もちろん、ぜったいに、足りないんだと思う。人間、やっぱり、歩くことが必要だ。

右膝は、痛い、というほどでも、ない。

なんとなく違和感があって、正座すると太ももの裏から膝がしらに向かって棒がつっぱっているような感覚があり、棒の切っ先が膝を突く痛みめいたものがある。お尻を浮かせると痛みはなくなるし、お尻の右横にも似たような感覚があるから、たぶん、股関節と関係があるんだと思う。どちらかといえばお尻の右横のほうが常時凝っている感じがあって、気がつくとぽんぽん、叩いている。

いまのところ、歩くのに不自由するほどではない。ただ、疲れると、重だるいような感覚が増すので、家の整理のために脚を酷使すると、やっぱり気になってくる。脚を動かす、歩く。というのは基本的には体にいいはずなのだけれど、体のどこかが凝り固まるか、つっぱったようになっているまま動き回ると、別の部分に負担をかけることになるんだろう。

そこで、まず、やることにしたのは、太もものマッサージ。横向きに置いたストレッチポールにうつぶせになり（ポールと自分で十文字を作るような感じ）ポールを太ももの下に置いて、腕で体を支えつつ、ころころ前後にローリングする。

ものすごく、痛かった。

太ももの前側が凝り固まっていたわけだ。一週間か十日くらいの、泣きそうに痛い日々を越えると、なんとなく痛気持ちよくなる。

前側が少しほぐれてきたので、現在は太ももの側面にアプローチしている。やはり、自分の体重をかけて、側面をころころする。痛い。

これも、いずれ、気持ちよくなる日が来るはずと思って、我慢している。

そのほかは、テニスボールをお尻の下にしいてみたり、膝裏に挟んでみたり、足裏マッサージに使ってみたり。

ストレッチポールは、もちろん背中や脇腹の凝りほぐしにも使う。

やってみると、膝の不調は膝まわりのマッサージでよい、というわけにはいかず、まずは股関節、そこから腰、ということは脇、となると背中、やっぱり肩も首も、とほぐす場所がいくらでも出てきて、そうやって全身ほぐすと、右膝も満足したように、ちょっと痛みをやわらげてくれる。

寝る前に、いつも「めんどくさいなあ」と思いながら、これだけのストレッチをやらざるをえないのは、そうしないと翌日の体がしんどいから。年を取るというのは、そういうことなんだと日々思い知らされている。

とはいえ、これらを実践すれば、右膝の不調が治るかというと、一向に治らない。まあ、ひどくならないだけまし、くらいの感じ。

だから、このごろはインターネットを眺めては、「膝専門」と謳《うた》っている整体なんかをチェックしているのだけれども、ヒアルロン酸注射なんかも含めて、あまり効く気がしない。

突然、、ふっと始まっちゃった痛みなんだから、ある日、忽然《こつぜん》と消えるっていうことはないんだろうかと、段ボールを運びつつ奇跡を願う毎日なのです。

若いときはぱっちり目、年取ってくるとびっくり目

もう五十代も後半、還暦の声を聴く日も近いのだからしょうがないとは思うが、日に日に老化というものを体験していて、なかなか慣れることができない。

いま、悩んでいるのは飛蚊症《ひぶんしょう》だ。

目の中に、ゴミか虫が飛んでいるように見える現象である。深刻なものとなると、網膜剥離、失明の可能性があるものなので、近々、また眼科に検診に行かなくてはならないと思いつつ、おそらく老化現象だと思うので、忙しさにかまけて放置している。しているけど、気になる。

ただ、よく考えてみると、この感覚は、昨日今日始まったものではない気がしてきた。でも、以前は、ほんとうにゴミがくっついているのだと信じて疑わなかったし、もっと白っぽい映像だったのだ。

ネット情報やものの本によれば、老化現象であり、そのうち慣れてしまって気にならなくなるのだそうで、四十代くらいから始まっていたのに、気にならなくなっていたものが、ここへきて、さらに一歩進んだということなんじゃないだろうか。

ところで、目といえば、老眼の話ではなくて、老化とともに変化したことがほかにもある。

まぶたの厚さ、である。

若いときは、この、まぶたというやつが、わりとふっくらしているものだ。もともと二重の人なんかは、それでも少しここがくぼんで立体的になっているようにも思うけれども、アジア人らしい一重（というか奥二重だったんだけど）の目の、若き日のわたしは、この、かぶさってくるような重たいまぶたに、悩まされた。

写真を撮ると、目の細い自分が写る。まるで、目がないみたいだ。かわいくない。

自分一人で鏡を眺めているときには、もう少しマシなのだけれども、写真を撮ると、まぶたが重い。なぜだろうと悩んでみるに、鏡の前では、目を一段と見開いていることに気づいた。

これだ！　と、若き日のわたしは膝を打った。

目を見開く。これでどうよ。

はい、チーズ！　とか言われるたびに、「ズ！」のところで口角を上げるとともに、目を見開く。出来上がった写真を見てみると、悪くない。少なくとも、鏡の前で確認した程度には、目というものが写りこんでいる。

わたしは満足した。そうしたからって、とくに美しくはないけれども、存在する目をなきものにされたくはない。かれこれ、四十年以上前のことである。中学生で、文字通り「開眼」したわたしは、それが、はい、チーズ！であろうと、撮るよー、1、2、3であろうと、ほかの、外国語などの合図であろうと、あるいは合図がなかろうと、シャッターが切られる瞬間に向かって、大きく目を見開いて生きてきたのだった。

それが。何年前だろうか、写真を見るとわたしはいつでも、何かに驚いたかのような「びっくり目」で写っているのに気づいたのは！

歳月が流れるうちに、腰回りや二の腕回りには、たぷたぷと肉が（さらに）ついたのに、どうしたことか、まぶたの肉は削《そ》げていった。それに気づかないままにいたわたしは、積年の習慣で、シャッターの合図とともに、ぐぐっとまぶたを押し上げていたのである。

なんだこれは！　なんだこの、びっくりした顔は！　時は流れ、人の顔は変わる。

というわけで、それ以来、極力、まぶたを見開かないように、自然にまかせて口角だけを上げるように努めている。努力の甲斐《かい》があるのかないのか、よくわからないけれども、意味のわからないびっくり顔を晒《さら》さずにすむ。老化は細部にひたひたと及んでいくのであった。

ばーさんの繰り言のようで残念感があるが、前回は、右膝の違和感について書いたけれども、このひと月の間に、それを忘れさせるような劇的な出来事が左足に出来《しゅったい》した。骨折である。

いや、その、骨折といっても、左の足指、親指の隣、手であれば「人さし指」と呼びたい位置にある指の骨が、折れた。

夜中に真っ暗な中をトイレに行って、壁を全力で蹴飛ばしたのだった。非常に痛かった。だけど、これもよくあることで、痛いは痛いけど、「突き指」の類だろうと思っていたら、いつまでも痛みが引かない。しょうがないから、整形外科に行こうとするも、地図を見間違えて整骨院に入ってしまい、電気マッサージをかけられるという、とんちんかんな寄り道を経て、ようやく訪ねた整形外科でレントゲンを撮ってもらったら、骨折していた。足指を痛めると、歩くのにこんなに不自由するとは知らなかった。左足指のせいで（おかげで？）関心がいかないとはいえ、右膝の違和感がなくなったわけではないから、歩行はいちいちたいへんだ。

足指骨折が老化によるのかどうかは別として、こうした歩行の困難だとかなんだとかは、いずれ老化の代償として支払わなければならなくなるのだろう。

ただ、まあ、そうやって、ゆっくり歩くことで目に留まる河津桜だのなんだの、春の先触れを感じさせる風物もある。

きょうび、年取ってからの人生も長いわけだから、不自由さを抱えつつ生きることについて、ちょっとずつ考えてみようと思った。

2022.6 ~ 2022.9

第5章

ごはんさえあれば、
人生は最高!

春は始まりの季節
がんばれ、姪っ子と仲間たち

このエッセイを書いているいま、東京は桜が満開だ。もちろん、なにしろ桜だから、雑誌が書店に並ぶ前には散ってしまうだろう。気候変動のせいで、桜は入学式の代名詞でなくなってしまった。それでも、花曇りや冷たい雨のおかげで四月まで持ち越した桜は、新生活を迎える人々を祝福するための花びらを、少しは温存してくれたような気がする。

姪がこの春、就職をした。

小さなメーカーだけれど、希望通りのファッション業界で、デザイナー職で採用された。こぢんまりとした会社だから、いろんな仕事をすることになるんだろう。「さーくら、さいたら、いちねんせいっ」と大きな声で歌って、小学校入学を楽しみにしていた姪が、すべての学業を終えて仕事に就くなんて、なんだか現実のことには思えないくらいだけれど、去年は必死で就活していたんだから、これは夢でもなんでもない。

わたしには子どもがいないので、こんなことでこれほど気を揉《も》むとは思わなかった。姪の就職は一から十まで心配で、そして、これから先の社会人生活も、体を壊さないように、少しでも楽しめる、やりがいのある現場を見出せるように、能力が生かせるように、しかし、がんばりすぎないようにと、本人には言わないけれども、ひたすらハラハラしている。

自分のことを思い出してみても、新人時代というのは失敗も多い。仕事に慣れるまで緊張も続く。気分的にはアップダウンの激しい日々になるんだろうなあ。

ところで失敗といえば、かつて勤めていた会社に、ものすごく印象的なアルバイトさんがいた。うん、彼女はおもしろかった、彼女なりに緊張している場面もあったのかもしれないけれども、非常にリラックスしているようにも見えた。

わたしが働いていた雑誌の編集部では、いただきものやお土産のお菓子があると、アルバイトさんの机の上にぽんと置く、という習慣があった。そうすると、アルバイトさんが配ってくれる。あるいは、箱を開けて、自由にお持ちくださいという感じで机の隅に置いてくれるので、みんな好き勝手に取っていくのだ。

ある日、伊勢に出張した誰かが、赤福を買ってきてくれた。いつもの定位置にそれを置いたまではよかったのだが、おそらく、誰も、新しいアルバイトさんに、それをどうしたらいいのか教えてあげなかったのだろう。彼女は、おもむろに包装紙を破り、箱を開けると、あの付属の木べらのようなものであんことお餅をすくい上げ、パクッと口に入れたのだった。

わたしたちはそれぞれの机で仕事をしていたが、みんなにわかに落ち着かなくなり、その後の展開が気になって仕事どころではなくなった。

パクッ。そして、また、パクッ。

自分の机に置かれた以上、平らげるのが任務と思ったのか、そのアルバイトさんは、集中的に赤福と格闘し、とうとう一箱全部、食べてしまった。あれは忘れられない思い出だ。

姪には、たとえお菓子の箱が自分の机に置かれても、けっして一箱食べきってはいけないと教えておくべきだろうか。いや、スタイルと体重をやたらと気にしている姪は、よもや赤福を食べきるようなことはしないだろうから、余計なことを言うのは慎もう。

人のことは言えない。自分自身の新人時代を思い出してみても、頭を抱えるようなことがいっぱいあったのだった。

わたしの最初の失敗は、人名を間違えて印刷して製本して書店に送ったことだ。遠い昔のことなのでお名前を失念してしまったが、たしか「重衛」さんとか「作衛」さんとかいったお名前を、勝手に「重兵衛」さんか「作兵衛」さんにしてしまったのだった。なんで「べえ」にしちゃったんだか。

ようするに、わたしの頭の中では「衛」のつく名前は、どうしても「べえ」でなければならないという、頑固な思い込みがあったに違いない。そのほうが、読みなれた児童文学などともなじみのいい響きであっただろうから。

間違いを出してしまうのは、印刷物を作っている限り（それが電子版であっても）よくあることで、もちろん細心の注意が必要だけれども、ある種、避け難いミスでもある。いまだに、本を出して、誤植を発見しないことは稀だ。

わたしが知る限り、いちばんすごい人名ミスは、某出版社がほんとうにやってしまったという、「宇野千代」である。そう、一見、ちょっと、間違いとわからないほど、似た字だ。本物は「宇野千代」。ああ、活字だけ見ていると、あまりに似ていて、頭がくらくらする。とうぜん、これは書店から回収される騒ぎになったらしい。小さな箇所ではなく、表紙カバーの著者名だったからだ。「じのちよ」と「うのちよ」。発音するとこんなに違うのに！

ただまあ、こうして書いていると、失敗というのは多くの場合、後々は笑い話だ。そんなことを言われても、失敗直後は慰めにならないけれども。

春はスタートの季節で、いろんなことがある。若い人たちにはがんばってほしいです。

真っ青な海、新緑の美しさ 温泉と「？」な近代文学を堪能

久しぶりに熱海に出かけた。場所はどこでもよかったのだけれど、もうずいぶん、遠出を控えていたから、そろそろプチ旅行くらいしたいよね、ということに。連休に入るちょっと前。できれば人混みを避けたかったからだ。

のんびりするのが目的だったから、今回は車はなし。電車で。ということにして、少し奮発して「サフィール踊り子」号を予約した。食堂車のある列車に乗るなんて、何十年ぶり？

個室やプレミアムグリーン車ほどではないけれど、全室グリーン車の乗り心地はとてもよい。しかし、いまどきの食堂車（もちろん、カフェテリアと呼ぶのだ）は、事前にスマホで予約をしておかないと、食べられなかったりするらしいので、たいへんだ。

予約時間に行って、席に案内してもらい、ビーフカレーとフレッシュトマトのスパゲ

ティをいただきました。イタリアンのシェフ本多哲也氏監修。うん。おいしい。量は少ないけど、グレード高い感じ。昔、むかーしの「食堂車」（しつこい・笑）で食べたカレーも懐かしいけど、走るレストランで食べる楽しさを堪能。

熱海駅に着き、雨のぱらつく中、商店街を抜けて海岸に出て、ホテルへ急ぐ。貫一とお宮の有名な銅像がある、あの海岸のすぐ近く。

ところでみなさん、貫一とお宮って、誰だか知ってます？

そうですよね。尾崎紅葉のベストセラー『金色夜叉』の主人公ですよね。幼なじみで婚約者の貫一を振って、金持ちと結婚することを決めたお宮を、貫一はなじり、下駄を履いた足で蹴っ飛ばし、きっぱりと別れて冷酷無比の高利貸しになる――という、なんだかよくわからない話。で、これ、読んだことのある方は？

かなり少ないと思う。エッヘン、わたしは読みました。それで、貫一とお宮は最終的にどうなるの？　という謎にひっぱられて、「前編」「中編」「後編」「続金色夜叉」「続続金色夜叉」「新続金色夜叉」と読み進んだ末に、作者逝去により未完と知ったときの驚き！

それはまあ、いいとして、この熱海の海岸にある、「男が女を蹴っている銅像」に関しては、昔からずっと疑問に思っていた。こんな、デートDVの象徴のようなモニュメントを、いつまでも置いといてだいじょうぶなのかしらん。青少年の教育上もよろしくない気がするし、外国人観光客もびっくりするだろうし。

あいかわらず堂々と、銅像は相模湾を背景に立っていた。訪ねたのは日曜日の夜、しかも雨降りだったので、ほとんど観光客はなし。

ただし、熱海じたいに人がいないかというと、そんなことはなく、列車を降りたばかりの午後の時間帯は、人気のプリン屋さんに人が並ぶ、並ぶ。二〇一〇年代、さびれた温泉町から奇跡のV字回復を遂げたと言われた直後にやってきたコロナ禍、土石流被害と、試練に見舞われても、やっぱりこの町には人をひきつける力がある。とても懐かしい昭和テイストの街並み、透明で肌にやさしい温泉、目の前に広がる海、東京から一時間かからずに行ける近さ、豊かな食、文化の香りと、「お休み」を楽しむときの魅力がてんこ盛りなのだ。

ホテルは相模湾が目の前、露天風呂と海岸線が一つになるという贅沢な環境で（いえいえ、さほど高級なホテルに泊まったわけではないのですが、立地がすばらしく）雨でどこへも行けないのをいいことに、何度も何度もお風呂に入ったり出たりして過ごしたのだった。お食事はホテルのメインダイニングでフレンチ。

翌日は、晴れ。文化的遺産「起雲閣」に出かけてみる。大正期に別荘として建てられ、戦後すぐに旅館として生まれ変わり、谷崎潤一郎、志賀直哉、山本有三などの文豪が愛し、執筆のために逗留した場所だという。ちょっと前に朝の連続テレビ小説「花子とアン」の中で、吉田鋼太郎さんが演じた炭鉱王「嘉納伝助」の家という設定でロケが行われた場所でもあるそう。

いまは熱海市がひきとって二〇〇〇年から一般公開されているのだけれども、入ってみたのは初めてだった。それはもう、ため息が出るようなすてきな場所。なの。だが。

太宰治が晩年に『人間失格』を執筆しました——という、パンフレットの記述を見て、ちょっと驚く。ここで？

実際に太宰が泊まって執筆した部屋じたいは、もう取り壊されて存在しないのだが、なんといったって、一〇〇〇坪もある広大な回遊式の庭園やらステンドグラスを擁したローマ風浴室やらのある、立派な建物で、気候温暖、風光明媚な熱海を代表する名旅館なわけで、あの、「恥の多い生涯を送ってきました」の、薬物で壊れていってしまう男の物語と、なんだか、ぜんぜん、合わない。ほんとにここで書いたんでしょうか？

あれを書いて、そして、「一段落したから、ひと風呂浴びるか」と、ローマ風浴室へ行ったりしたってことでしょうか。

まあ、太宰自身、裕福な家の生まれで、彼の家も一時期は旅館になったりしていたのだから、立派な旅館にいるというよりも、自分の家みたいな気分だったのだろうか。

わからん。

ともあれ、旬の海鮮もほんとうにおいしく、近代文学の謎も詰まった、熱海は最高！

七十歳は、老婆か否か？グレイヘア問題、その他

昔の小説や随筆を読んでいると、「彼女は五十がらみの老婆」とか、書いてある。いやいやいや。五十歳は老婆ではないでしょう、と思うけれども、もちろん、寿命が延びて、常識が変わったせいなのだ。

ところで先日、翻訳小説に出てくる七十歳の女性研究家を「老婆」と呼ぶかどうかが、友人の間で話題になった。うーん、「老」は、さすがに否定できないが「婆」ではないのでは。というところが論点である。

老女。

老婦人。

老女性研究家。

となると、「婆」は、もっと年齢の高い人に使う言葉なのか。あるいは、「ババア」とい

うニュアンスがよくないのか。

じつは中国語では「老婆（ラオポー）」は、「妻」という意味だ。新潮日本語漢字辞典を引くと、「婆」は「年取った女性」とあり、対の言葉は「爺」。それじたいにネガティブなニュアンスはないけれど、「悪婆」とか「鬼婆」とかいった使われ方があるので、言われるとうれしくないのかな。

しかし一方で、「婆娑（ばさ）」というのは、舞人の衣や袖が軽やかに翻る、その舞姿を表すのだという。音から来ているのかもしれないけれど、なんとなく、悪い気はしない。

だけど、たしかに七十歳を「老婆」というかと問われれば、「まだ、早いでしょ」という気持ちにはなるわけだ。では、何歳が。

もう、こうなると、わからない。ほんとに、人によって老いの速度は違うし、見た目のカバーの仕方も違うし、たぶん、「老婆は何歳からか」という定義を決めるより先に、「老婆」という単語じたいが、役割を終えて消滅していくような気がする。

しかし、「老」になる年齢が先延ばしされるとなると、「中年」が間延びするような感じになるのだろうか。

ＮＨＫが二〇一五年に行った「中年は何歳から何歳まで？」という調査の結果は、回答結果を平均すると「四十歳から五十五・六歳まで」と、なったのだという。昔なら、三十過ぎれば、あるいは、三十五歳くらいから、「中年」枠だっただろう。五歳くらいずつ、感覚が以前と変わった感じ？　自分の年から七歳引いたものが、気分的にぴったりくるという話も聞いたことがある。

いまどき、五十代というと、女優さんたちも競って美しい。石田ゆり子さん、天海祐希さん、山口智子さん、鈴木京香さんなど、きっともう、いつまでも美しくいらっしゃるのであろうと思われる。だから、彼女たちが軒並み五十代後半に入ってきたときに、彼女たちを「老女」と呼ぶかどうか。なんとなく、ミドルエイジの延長的な呼称を使うのではないだろうか。

しかし、それでも、やはり、年は取るのである。平等に。

自分はといえば、五十代も終わりに差し掛かってきた。

ＮＨＫの調査結果は、なかなか微妙な実感を伴う。なんとなく、コロナが始まったあたりからこっち、自分はもう、「中年」ではないような気がしてきているもん。しかし、では「老年」か？　「老女」なのかといえば、うーん……と歯切れが悪くなる。「老眼」はとっくに始まっているし、「閉経」もしてしまった。鏡を見ても、写真を見ても、もう、隠しようもなく年齢が刻まれているのがわかるのに。

六十代に入ると、このような悪あがきがきっぱりと終わって、「老境」に入るのかもしれない。それはそれで、さっぱりしていて気持ちがいいようにも思う。

グレイヘアが、流行《はや》るというよりも、一つの選択肢としてかなり定着してきたのも、「どこかの時点で、自分ではっきり、ここからは老境です、という境地に至りたい」という気分があるのではないか。「いつまで髪を染め続けるのか」っていうのは、「ドライバーズライセンスをいつ手放すのか」というのに似て、自分で決めて実行しないと、終われない。

ともあれ、髪をグレイにすると、服や髪型にかえって気を遣わなきゃならなくなるらしい。だから、あれは、いろいろな意味で、かなり意志の力を必要とするヘアなんだろう。

いつまでもきれいでいるのは、いい。

だけど、いつまでも「若く」いるのは、やっぱりどこか無理がある。

しかし、一方で、「若くありたい」という願望は見た目だけのことではないわけで、若い人の話題についていくとか、流行のお店をチェックしているとか、もっといえば、ちゃんと時事問題を理解している、というようなことにも影響する。「もう、現役ではありません。わたしは過去だけを思って生きていきます」という生活態度は、あまり褒められたことでもないけれども、わたしはもともと、気持ちが過去に向かうタイプなので、ほっとくと、後ろを向いてしまうようなところがあり、気をつけたほうがいいことはいいんだろう、これは。

五十代も終わりかけ、というのは、いかに上手に老境に入るかを、試される年代だという気がする。

ひとりで食べるごはんほどおいしいものはない？

コロナの間、かなりの割合で自炊をしていた。

ごはん作りは好きなほうなので、これまでも家で作ることは多かったし、コロナ初期はちょっとがんばって各国料理を作ってみたりして、それなりに楽しんでいたところもある。

でも、連れ合いも毎日、家にいるから、まあ、朝ごはんは適当に食べてもらうとして、昼と夜はなにかしら作ることになった。

夫の名誉のために書いておくなら、彼はときどき料理もする。わたしのほうがどちらかといえば料理好きだから、妻が料理担当、夫は洗い物担当をすることが多いけれども、逆の日もある。テイクアウトやデリバリーのお世話になることもあり、よく昼ごはんの買い物に出てくれる。そうした、役割分担の不満はないのだ。

しかし、毎日、誰かとの合意の上で、日々のごはんを決定するというプロセスに、ちょっと疲れてきた、コロナも三年目。

うちの夫も、ジャンルは違えど物書きなので、わたしたちの自宅は双方の仕事場だ。だから、コロナ以前から、よその夫婦に比べればいっしょにいる時間は長かった。でも、お互いに、外での打ち合わせ、出張、プライベートな友人との外食などなどで、毎日、四六時中いっしょというわけではなかった。

ところが、このコロナのせいで、事情は変わった。最初のうちは、違和感も大きかった。え？　そうか、今日も昼ごはんのことを考えなきゃならないのか、みたいな。

ただ、人間、慣れるものらしい。そのうち、さほど気にならなくなって、昼と夜のごはんを考えるのが日々のルーティンになっていたのだが、このごろ、コロナによる外出規制がゆるくなってきて、お互い、外に出始めた。

「今日、人と会うから、めし、外だわ」

と言って、連れ合いが出かけてしまうと、なんだかふぁーっと気持ちが華やいで、

「なに、食べようかなー？」

と、心が弾む。

べつに大したものを食べるわけではない。

というか、大したものじゃないものを食べることを考えて、ウキウキしてくる。いただきものの、ちりめん山椒があったから、あれを解凍したごはんに混ぜて食べる、とか。

刻んだネギをお醤油につけておいたので、あれをごはんに混ぜて食べる、とか。梅おかか。梅おかかがいい。友達にもらった梅干しがすごくおいしいので、あれとかつお節を混ぜて、ごはんに載せて、とか。

うわ！　なに？　めちゃおいしそう！

なんなら、海苔を出してきてもいい。どこかの雑誌で、エッセイストの平松洋子さんがお昼に食べているという、海苔包みごはんが紹介されていたのを見た。おにぎりにして海苔を巻くのではなくて、ごはんを海苔で包装するみたいな感じ。例の「おにぎらず」というやつは、レシピを見ていると、なんだかんだ具がいっぱいで立派なのが多くて、「おにぎり」に比べてすごく簡単というわけではないなと思ってしまうが、平松さんが食べていらっしゃるのは、ほんとにシンプルな具一つくらいをポンとごはんに載せて、海苔でぱたぱた畳むだけのレシピだった。朝作って、仕事場に持参し、海苔が少し、しっとりしたところを、パソコン見ながら片手で食べると書いてあった。

そこまで仕事に集中できていないけれど、この海苔包みごはんは、すごくおいしそう。あとは、そうね、卵なんかもいい。一個で立派な、たんぱく質だし、アミノ酸も豊富だし。これも、めんどくさいから、ゆで卵ね。ゆで卵にマヨネーズ。たまごかけごはんも、もちろん、ひとりめしには最高！　プラス、お湯をかければいいだけのインスタント味噌汁なんかがあれば、じゅうぶん。お茶だけでもいい。生野菜は切らない。まるのままかじる。ひとりなら、なんだっていい。自由！

最近、博報堂生活総合研究所が行っている「生活定点」調査で、「料理を作ることが好き」な人が、五十代女性で激減！というネット記事を見た。なにゆえ五十代女性が？という記事の内容は有料記事で読めなかったのだが（笑）、気持ちはわかる。先日、翻訳家の村井理子さん（彼女も五十代だ）が書かれた『本を読んだら散歩に行こう』（集英社）というエッセイ集を読んだのだが、村井さんが料理に情熱を失ったエピソードがあった。理由は「自分の味に飽きた」のと、「拒絶されることのがっかり感」に疲れたのだという。一所懸命作っても、好きじゃない、と言われると徒労感にさいなまれる。「誰かのために作ること」に疲れたと。

これはベテラン主婦にはわかる感覚だろう。うちは夫婦二人だが、たまに遊びに来る姪や甥に、あれが嫌い、これが食べられないと言われると、腹が立つ。あんなのが毎日だったら、すごくストレスフルだと思う。自然と、家族の食べられるレシピに偏っていくはずで、自分の好みや挑戦は後回しになるに決まってる。

わたしはひとり暮らしも長かったので、そればかりがいいとは思わないが、ひとりめしは必要だと思う。自分のことだけ考えて、栄養バランスも忘れて、ラクちんな、誰にも見せないごはんをひとりっきりで食べる時間を、ときどきは楽しみたいと思う。精神衛生のために。

おわりに

四年間というのは、それなりの期間で、この時間の中で顕著なのは、コロナ前とコロナ後で、生活スタイルが一変しているところだと思う。

コロナが流行する以前は、仕事やプライベートでしょっちゅう旅に出ていたことがわかる。どこか、日常から離れた話のほうが、読んでいただくにも楽しいのではないだろうかと思って、積極的に旅先の話題を選んでいたのだが、物理的にそれが不可能になってしまって、書けなくなった。

でも、それで書くことが大きく変化したかというと、だいたいにおいて、食べることと体のメンテナンスが中心の話題なので、どこへ行っても行かなくても、書きたいことはそれなりにあったのだった。

もう一つ、はっきりしているのは、五十代の半ばから後半にかけての記録となったということ。これは、自分にとってのメモとして、それなりにおもしろかった。というのは、やっぱり五十代は四十代とすごく違う、ことに後半はそれがはっきりわかる。その感覚を書いているので、こればっかりは、この年齢じゃないと書けないことではないかと思う。

冒頭に登場する、バルセロナのお豆腐屋さんだが、これは連載スタート当時の編集長から、ぜひ、その話を書いてと言われて書いた経緯があった。「ゆうゆう」の読者は還暦前後くらいが中心で、夫が定年退職したり、自分自身も仕事を続けていた人はそれをやめたりする年齢なので、そこで新しいことに挑戦する話をぜひ読みたいから、というのだった。

しかし、自分自身が還暦に近づいてみると、ここからまるっきり新しいことを始めるのは、ものすごいことだと、エッセイを書いたころ以上に感じる。いや、何度読み直しても、お豆腐屋さんはすごい。

ところで、そのバルセロナのお豆腐屋さんにも、さらなる変化があった。清水さんは十年間のお豆腐屋さん生活を卒業した。バルセロナのお豆腐屋さんがどうなったかというと、ヨーロッパ中に顧客を得た人気店を閉めるのはもったいないので、後継者を探したのだそうだ。江戸時代から続く老舗の人気豆腐店から手が挙がり、無事、引き継ぎを終えた。引き継ぐにあたっては、かねてやってみたかった豆乳ソフトクリームの開発も手掛け、その事業ごと後継してもらったという。清水さんの頭には、次なるビジネスのアイディアもちらついているとのこと。

結局のところ、なにかをするかしないかは、年齢ではなくて、人なのだ。

とはいえ、還暦の「赤ちゃんに戻る」というのは、考えてみればすごい発想だ。人生まるごとリセット、みたいな考え方でしょう？　もちろん、人がみな六十歳で人生をリセットするわけではぜんぜんないけれども。干支が一回りしたからって、「もう一回、一歳に戻る」という発想はすごい。戻らんよ、一歳には。

けれども、ふいに、「なんかやってみてもいいかも。だって、赤ちゃんに戻っちゃうんだからさ」という言い訳を思いついた。「もう、こんな年だから」とか、言えなくなる。勇気とか、決意とか、そういう、まなじり決した雰囲気を、カラッと吹き飛ばして「だって、赤ちゃんだから」というの、ありかもしれない。やったことない語学に挑戦する、くらいのことはできそうな気がしてきた。

とりあえず、いちばん最初にすることは、作ったことのない外国の料理に挑戦するか

（食い物好き）、新しい健康器具を買うことのような気がするけれども（健康器具好き）。

とにかく、きょうび、人生は長い。

できるだけ正気を保って、退屈せずに天寿を全うしようと思うなら、それなりに楽しめるなにかを見つけないと。

というわけで、また、どこかでお目にかかりましょう。

二〇二三年二月

中島京子

中島 京子（なかじま・きょうこ）
1964年東京都出身。2010年『小さいおうち』で第143回直木賞受賞。『かたづの！』で第28回柴田錬三郎賞、『長いお別れ』で第10回中央公論文芸賞、『夢見る帝国図書館』で第30回紫式部文学賞、『やさしい猫』で第72回芸術選奨文部科学大臣賞、第56回吉川英治文学賞を受賞。その他、著書多数。

装丁／藤田知子
装画／谷山彩子
DTP／松田修尚（主婦の友社）
編集協力／村上歩、宮崎央子（主婦の友社）
編集担当／井頭博子（主婦の友社）

小《こ》日向《ひなた》でお茶《ちゃ》を

令和5年4月20日　第1刷発行

著　者　中島京子《なかじまきょうこ》
発行者　平野健一
発行所　株式会社主婦の友社
〒141-0021　東京都品川区上大崎 3-1-1 目黒セントラルスクエア
電話　03-5280-7537（編集）　03-5280-7551（販売）
印刷所　大日本印刷株式会社

ISBN978-4-07-454391-5

■本書の内容に関するお問い合わせ、また、印刷・製本など製造上の不良がございましたら、主婦の友社（電話03-5280-7537）にご連絡ください。
■主婦の友社が発行する書籍・ムックのご注文は、
お近くの書店か主婦の友社コールセンター（電話0120-916-892）まで。
＊お問い合わせ受付時間　月～金（祝日を除く）9：30～17：30
主婦の友社ホームページ　https://shufunotomo.co.jp/

この本は雑誌『ゆうゆう』（主婦の友社刊）の
2018年10月号～2022年9月号に掲載された連載を再編集したものです。